ALEKSANDRS ČAKS
最后一班有轨电车

〔拉脱维亚〕亚历山大·查克斯 著

倪联斌 译

图书在版编目（CIP）数据

最后一班有轨电车 / (拉脱) 亚历山大·查克斯著；倪联斌译 . — 北京：人民文学出版社, 2025. — (巴别塔诗典). — ISBN 978-7-02-019300-4

Ⅰ . I511.725

中国国家版本馆 CIP 数据核字第 2025WT5082 号

| 责任编辑 | 卜艳冰　何炜宏 |
| 装帧设计 | 朱晓吟 |

出版发行	人民文学出版社
社　　址	北京市朝内大街 166 号
邮政编码	100705
印　　制	凸版艺彩（东莞）印刷有限公司
经　　销	全国新华书店等
字　　数	90 千字
开　　本	889 毫米 ×1194 毫米　1/32
印　　张	8.125
插　　页	5
版　　次	2025 年 6 月北京第 1 版
印　　次	2025 年 6 月第 1 次印刷
书　　号	978-7-02-019300-4
定　　价	75.00 元

如有印装质量问题，请与本社图书销售中心调换。电话：01065233595

目录

序言（耶娃·列辛尼斯卡） _1

致里加 _1
罗曼蒂克 _3
牵小狗的年轻女士 _5
海报 _7
排水管 _8
城市夏夜 _10
报亭 _12
城市之春 _15
伤感四重奏 _17
告别郊外 _20
玛利亚大街 _21
穿漆皮鞋的船员 _23
绿色郊外 _25
楼梯（节选） _27
马车夫之诗（节选） _29
一个傍晚 _31

为你 _ 33

一位步枪兵给拉脱维亚女子的歌 _ 35

今夜 _ 37

今夜我将坐在哪儿之诗 _ 39

今天 _ 41

在街上 _ 43

女售货员 _ 45

序曲 _ 47

我与火车 _ 49

我渴望其他形体 _ 51

我的城内小花园 _ 54

梦吧 _ 56

神经衰弱 _ 57

第一场雪 _ 60

幽会 _ 61

邀请 _ 64

郊外女子 _ 69

我与一位女士 _ 70

致一位高傲的女士 _ 74

三本书 _ 76

爱尔兰朋友 _ 82

在有轨电车上 _ 85

最后一班有轨电车　　_ 87

戒指　_ 89

太糟了　_ 93

幻想之镜　_ 95

山羊　_ 98

在候诊室　_ 100

贫困之美　_ 104

我的蟑螂乐团　_ 109

疲惫　_ 116

地窖　_ 117

归来　_ 120

水　_ 121

夜莺低吟　_ 123

大自然　_ 128

告白　_ 131

挽歌　_ 133

道别　_ 135

致街灯　_ 136

阿卡迪亚的洗衣女　_ 138

在新浮桥上　_ 140

如此生活　_ 142

你的胴体　_ 144

一位脸颊青肿的小男孩 _ 145

在道加尔河边 _ 146

沥青熬制后铺路 _ 148

我的祖母 _ 150

我的祖父 _ 152

窗中悲歌 _ 154

写给离世卖报老妇的信 _ 157

暮光里 _ 163

渴望 _ 165

摩登女子 _ 169

回忆的甜蜜 _ 172

灯泡坏了 _ 174

两场雨之间 _ 176

庙街 _ 179

自画像 _ 180

拉脱维亚女子给步枪兵的歌 _ 186

冰激凌 _ 190

贝尔蒙特军官 _ 192

以此他想表达什么 _ 194

火车 _ 197

一粒尘埃 _ 201

城里的雪 _ 203

灵魂　_204

提议　_205

迟来的访客

——《永恒所及者》节选　_207

译后记　_223

序　言
耶娃·列辛尼斯卡[①]

亚历山大·查克斯（Aleksandrs Čaks，1901—1950）是拉脱维亚有史以来最受欢迎、也可以说是最受喜爱的拉脱维亚诗人之一。尽管他的生命相对较短，不到四十九岁，他的文学作品却相当丰富，包括诗歌、短篇小说和文艺批评。他的诗被无数次谱成歌曲，其中那两首忧郁的情歌即《告白》和《为你》广为流传；大多数拉脱维亚人在他们进入青春期时就耳濡目染，用心学唱，以便他们日后，一起围着仲夏夜的篝火吟唱。查克斯的光头和圆眼镜极其引人注目，一眼就能认出他，即便从未读过他的诗。在拉脱维亚首都里加一个公园内，竖着查克斯纪念塑像；市内一条主干道和拉脱维亚一项文学奖也以他命名。

[①] 耶娃·列辛尼斯卡（Ieva Lešinska，1958—　），拉脱维亚文学翻译家和批评家。

查克斯的生活充满了各种矛盾和谜团，像他的拉脱维亚同龄人一样，经历了1905年和1917年两次暴力革命、第一次世界大战、拉脱维亚独立战争。他还经历了俄罗斯内战、十六年拉脱维亚民主政治、四年拉脱维亚独裁统治、俄罗斯与德国的占领，以及后来残酷的斯大林时期。这些特殊经历总需要一个人，在他可以追求与不允许追求之间，保持走钢丝绳式的平衡，猜测凶残的权势所想所欲，试图维护他的尊严并存活（后两者通常是相互排斥的）。

这位后来的诗人出生在里加，是一位小有名气的裁缝家中的独生子，他的正式名字叫亚阿尼斯·查阿达连尼斯-查克斯（Jānis Čadarainis-Čaks）；他后来选择只保留姓氏的较短部分。里加是一个文化发达、多语言的欧洲城市，也是当时俄罗斯帝国最重要的工业中心和港口之一。之后的第一次世界大战打乱了裁缝师一家人相对舒适的中产阶级生活；他们与成千上万的其他拉脱维亚人一起，服从俄罗斯宣传和军方命令，彻底响应焦土政策的号召：将1915年的农业收成与生产农场烧毁；里加工厂里的设备要么被撤走，要么被摧毁，整个拉脱维亚几乎被清空了（事实上，拉脱维亚的人口从未恢复到一战前的水平）。随他就读中学的搬迁，查克斯先到了爱沙尼亚的瓦尔卢；德军东部战线推进后，他又搬到俄罗斯的萨兰斯克。在那个时期他大量阅读哲学书籍，尤其对康德、尼采、费希特、黑格尔、叔本华、斯宾塞和柏格森的著作感兴趣——其中大部分是俄译本。1918年他考入莫斯科大学医学院。此后大约一年时间，他参加过青年意象主义者和未来主义者组织的学生文学活动；那些思想后来被证明对他产生了持久的影响。

至于查克斯对1917年革命的见解，没有相关的历史记录——萨兰斯克远离革命震中圣彼得堡，而且他那时才十六岁，还太年轻，无法以任何有意义的方式参与革命。然而，据各种记载，他是在1917年写了他的第一首诗——用俄语写的。这首诗夸张的题目《起来吧，神圣的拉脱维亚》似乎表明，他并没失去与出生地的联系。毫无疑问，查克斯后来被俄国革命的余波卷走了。1920年，当俄罗斯与1918年宣布独立的拉脱维亚签署和平条约关系正常化后，许多拉脱维亚难民，包括查克斯的父母，返回了他们饱受摧残的祖国。但是，查克斯仍留在俄罗斯。当年年初，他被红军征召入伍，作为救护员被派往军队各家医院以及一辆卫生列车上工作。在叶利钦时代，俄罗斯相对开放时期的档案显示，当时查克斯（那时他的名字还是查阿达连尼斯）曾多次向俄罗斯当局申请回拉脱维亚，每次他的诉求都被拒。然后，奇怪的是（也许是合乎逻辑的结果），查克斯决定于1920年11月加入俄共（布尔什维克）。于是他开始了一位共产党机关人员的严肃职业生涯：被任命为萨兰斯克地区共产党委员会的宣传部负责人；在随后几年里，他在该地区巡视，建立党校，表明自己是共产主义事业的忠实信徒。为什么所有这些细节都很重要？因为几年后，查克斯获得了莫斯科同意他返回拉脱维亚，他梦寐以求的许可——显然，作为交换，他承诺将重要文件带给拉脱维亚共产党（那时该党在拉脱维亚规模小，1920年到1940年期间只在地下运作），并充当该党与苏共的联络人。查克斯是否兑现过这样的承诺，现在或许以后也都未必可知。据他同时代的人说，即使二战德国占领里加期间，那些文件仍然在查克斯手上，他也未做任何特别的努力去隐藏它们。对于这些谜团，虽然他始终未向他的朋友和大众做明确解释，但他声称自己在俄罗斯的岁月非常"黑暗而沉重，充满疯狂的冒险感受"。

然而，查克斯在拉脱维亚独立后的生活和工作无任何不祥之兆。1922年他回国，那一年是英国文学的重要年份：詹姆斯·乔伊斯的《尤利西斯》和T.S.艾略特的《荒原》出版。查克斯与他们那代年轻诗人和艺术家同步，受过战争及其后果的创伤，渴望以与过去彻底决裂的艺术形式将那些创伤变形。他们没有艾略特或乔伊斯那样相对安定的生存环境。查克斯的朋友、诗人皮特里斯·奇库次斯（Pēteris Ķikuts）写道：

世界大战和随后的革命已结束。[我们的]伤口正在愈合。本世纪的面孔被子弹和炮弹碎片击中，伤痕累累。干涸的血迹……绝望的脸……痛苦……和苦难……紧随其后的是对生活的热烈渴望[……]。不仅仅是城镇和村庄遭到毁坏，不仅仅是[……]草地和[……]天地被战壕划伤：人类的心灵也受到了摧残与伤害。[……]回家后，世界之人脱下灰色大衣，脱下沾满鲜血和泥巴的靴子，洗了手，洗了脸，看着自己，畏缩了一下，突然意识到一个可怕的问题："我是谁？"

要改变这种荒凉的存在感，与西欧年轻诗人们相比，查克斯和他的同龄人面临在一个新生国家生活的现实：在这块画布上，大部分旧作都已被用力擦去，也提供了创作某种崭新并充满活力画面的机会。1925年，当查克斯只是拉脱维亚北部德拉贝希（Drabeši）学校一名教师与行政人员时，他在拉脱维亚报刊上发表了最早的诗作。当时的蓝胸佛法僧艺术家协会由一帮年轻画家创建，意欲打破绘画传统以及战前印象派和新浪漫主义的规则约束，大胆涉足从西方涌入的最新现代主义潮流：表现主义、立体主义、结构主义等。蓝胸佛法僧协会将参与各种创造性追求的艺术家聚集在一起，查克斯与其他文人、雕塑家、演员等艺术家建立天然的亲缘关系，最终加入了该协会杂志的编委会，还成功促其创立了一家出版公司。尽管长期缺乏资金，蓝胸佛法僧还是出版了许多书籍，其中包括查克斯的第三本和第四本诗集《世界酒吧》(*Pasaules krogs*)和《邋遢地穿着燕尾服》(*Apašs frakā*)。事实上，是他在1928年出版的最早两本小诗册，即《人行道上的心》(*Sirds uz trotuāra*)中的十七首诗与《我与此时》(*Es un šis laiks*)中的十三首诗，引起了里加知识界和艺术界对他的关注。

查克斯风暴般席卷里加知识界的原因是不难看出的——人们以前没读过那样的诗，至少在拉脱维亚语中肯定没有。断裂的诗行、重音韵律、自由诗节，更不用说引人注目的明喻、隐喻和其他非传统的诗歌表达方式——所有都是新的。诗里的主角也是如此，诗中"我"的声音：来自一个街头顽童或一个年轻人，时而虚张声势，时而对社会不公充满愤怒，时而不敬，时而略显厌世。正因如此，再加上查克斯的诗中经常提到整天泡在酒吧和廉价酒馆里的酒鬼，一些读者很容易将他与诗中的他混淆。评论家对出现在诗歌期刊上的那些诗愤怒了。他是那个对女人说出以下这番话的年轻人吗？"我想要你，/你看。/昏昏欲睡的谈话/总是/说到戏剧/灵魂，/艺术/让我们把它们放在一边。/把你的嘴唇给我，/让我解开你的丝带——/够了，/时间就是金钱。"有趣的是，他同时受左派和右派攻击，左派作家林纳德·莱森斯（Linards Laicens）称查克斯为"反动派"，右派则以理查德·罗兹蒂斯（Rihards Rudzītis）为代表，批评他的"流氓意识形态""酒吧心理学"和"悲观主义"。然而，他的同行作家们说到他严肃、勤奋、积极的为人态度：害羞，善良，非常有礼貌，而且总是每天收拾得干净整洁。现代心理学可能会发现查克斯粗野的"超"波希米亚与愤世嫉俗的冒险家幻想身份，弥补了他灵魂的某些部分。冒险和粗心大意与查克斯的天性完全不符。有一阵子他甚至装出神秘和宿命论的样子，到处说刺耳难听的话，大口大口喝酒，甚至准备大肆摔东西，但很快他就一笑止住了，他意识到自己无法长时间自欺。随着时间的推移，他甚至变得非常乖巧和谦虚，以至于朋友们都称他"查克斯圣诞老人"。"我从未见过这位酒鬼和流浪汉的赞美者喝醉、生气、邋遢、不刮胡子或以任何其他方式反抗资产阶级习俗。"他身边的人回忆说。

至于女性，她们留下了一份份有关一位勇敢绅士的报告：他给她们送鲜花和手写的诗稿，也为她们做饭。女人们喜欢查克斯，尽管早年他从中幸存下来的伤寒不但让他掉了头发，似乎也影响了他的男子气概。至于查克斯本人，在《为什么我们是流氓和悲观主义者》中，他回答他的批评者时说，他和其他人试图"通过展示其可悲性来烦扰当前社会。带着悲观情绪，年轻诗人们想让现代人睁开眼睛，以便可以看清自己安逸地居于其中的日常生活是一潭死水"。

无论波希米亚风格与否，在诗中查克斯都与弗朗索瓦·维庸和拜伦勋爵等人的自由、冒险精神有种亲近感，但对他的主要影响还是来自俄罗斯现代主义者布洛克、马雅可夫斯基和帕斯捷尔纳克，以及阿赫玛托娃和叶赛宁。作为一个敏锐的观察者，以及他与普通人生活的交织关系、他的左派观点，使他与另一本文学杂志《警报》（*Trauksme*）自然契合，该杂志在1928年至1931年期间发行；其编辑相信诗歌的社会功能，相信它可以揭露社会的软肋，并最终有助于带来更多公正和公平，其中的精神价值至高无上。他们背弃了拉脱维亚乡村田园牧歌与宗教理想启迪的抒情诗歌，即一种结合了波罗的海当地泛神论与路德宗虔敬主义的宗教理想，拥抱城市的工厂、港口、贫民窟、脏乱与社会问题。

查克斯似乎避开了《警报》杂志积极拥护的最激进的左翼立场（他正式加入了社会民主党，该党于1918年从布尔什维克派别中分离出来，一直是其成员，直到1934年5月的右翼政变），但是，在他的诗歌中，他总是站在弱势群体与边缘群体这边——街头顽童、扫街清洁工、街头流浪汉和小贩。他喜欢描绘的世界是里加的市郊（Nomales）——顺便说一句，这是给翻译带来困难的拉语词之一。通常它被译为"郊区"（surburds）或"郊外"（outskirts），但我很确定这两个英文单词带给英语读者都不会像带给拉脱维亚人那样即刻呈现的视觉效果。里加市郊是个现代城市与乡村之间的边界空间，迟至二十世纪六十年代，我还是个孩子时它还存在。十九世纪的里加侵略性的工业化扩张之后，那些区域建造了一栋又一栋工厂工人的住宅楼，住户中的大多数就是里加的第一代居民。通常，他们的公寓又黑又小，缺乏自来水等基本设施。作为补偿，曾经是乡下农妇的工人妻子们常常在自家门口院内开辟美丽的花园，不仅在那里种花，还种果树和蔬菜。在院内棚屋里养几只鸡、一只山羊甚至一头奶牛，为自家孩子提供新鲜鸡蛋和牛奶的情况也不少见。头顶绿色树荫，脚踏沙石小路安静的市郊人，闻着柴火飘出来的烟雾，作为拉脱维亚陈旧乡村与新现代化之间的临界，对拉脱维亚人来说具有一种特殊的魅力。

在那个市郊世界里，有一个去处也经常出现在查克斯的诗中，在英语中也没有合适的词——客栈（krogs，我也将它译为"酒吧"或"酒屋"，我想它也可以译为"酒馆"）。从词源上看，这个词来自瑞典语 krug：在十七世纪瑞典统治的利沃尼亚期间，一个供旅行者休息和喂马的地方，应该是每两英里就设立一个。由于现在的拉脱维亚在十八世纪下半叶成了沙俄帝国的一部分，客栈也逐渐失去了其功能，变成了仅出售和消费酒水的地方。直到今天，这个词在拉脱维亚会话中还既指小酒馆又指高档酒吧，但在查克斯的诗作里，客栈更具诗意和存在感。对于莎士比亚来说，世界可能是一个舞台，但对于查克斯来说，它是客栈。在他的长篇戏剧诗《写给马车夫的诗》（1930）、《玩家，玩吧》（1944），尤其是在《酒鬼王子》（1943）中，其副标题是"诗意的戏剧或四具尸体的欢乐游戏"，他干脆说，客栈是我们相遇的时空，我们的潜意识在那里得到了自由发挥,"我们都是酒鬼与醉汉/灌醉生活,尽我们所能"。

查克斯的诗集《我的天堂》(*Mana Paradize*,1932)以其深思熟虑的结构,现代城市林荫大道和市郊主题的推进以及诗歌技艺的把握,意味着他不能再仅仅被视为一个流氓,永远与保守的社会格格不入了。书中最后一首诗叫《啃食伟大苹果者》,在这首诗中,作者以主人公身份承认了厌倦自我现状,不想再被分心;他感到一种强烈的新冲动,想要挣脱束缚,咬下"伟大的苹果"。

查克斯的这个"苹果"就是他创作的一系列献给拉脱维亚步枪兵的长诗《永恒所及者》。拉脱维亚步枪兵在第一次世界大战中对抗德国人保卫家园,然后加入俄罗斯内战和拉脱维亚独立战争,表现出传奇般的勇敢,但可悲的是,他们经常只为他人的利益服务。该长诗的第一卷(8首诗)于1937年出版,第二卷于1939年末出版(14首诗),当时《苏德互不侵犯条约》已签署,拉脱维亚独立的日子进入倒计时,查克斯本人的生命也只剩十年多了。随后苏联(1940—1941)、纳粹(1941—1945)、苏联(1945—1991)的先后占领,阻止了查克斯写作该"英雄史诗"后两部分的计划,该长诗其实并不完整。虽然旨在写步枪兵的英雄主义，扩展到拉脱维亚的民族赞歌，《永恒所及者》的最佳部分却不是睾丸激素和悲怆的溢出——查克斯的强项之一是他对细节的关注——特殊的、个体的、亲密的细节：士兵在战斗前刮胡子，穿上白衬衫；战场上泥泞的颜色；被机枪射击"分裂成碎片"的空气。查克斯使用人体部位作为隐喻增强了身临其境的感觉："一张可以紧闭的黑嘴，沉默以它的齿间夹紧他们"，"像眼睑一样，空气战栗；/巨大的遮蔽像嘴唇般颤抖"，等等。保存在他那些最动人的早期诗句里的，如此亲切地被描述的里加市郊街头顽童和流浪儿，现在成为历史剧中的主角。

　　《永恒所及者》的大部分完成于拉脱维亚的乌尔马尼斯独裁统治时期，这一事实反映在这部长诗里：查克斯在其中淡化了步枪兵支持布尔什维克政变、打击苏维埃新政权敌人中起的作用；拉脱维亚步枪兵当时那么做，是受列宁快速与德国达成和平协议并给予拉脱维亚独立承诺的鼓舞。虽然官方对其部分诗作表达的左翼世界观皱眉头，但当时独裁政府对长诗整体上的积极意义予以认可，授予查克斯奖项。当苏联1940年占领拉脱维亚，查克斯反过来因该长诗中的右倾主义遭谴责，但是1941年他又被官方的作家联盟吸纳为成员。德国占领期间，查克斯的诗作禁止出版，但他也写了些诗，以他最后的爱人、翻译家米尔达·格林费尔德（Milda Grīnfelde，1909—2000）之名出版。1943年他的诗集《天赐的礼物》就是献给她的。

二战后苏联第二次占领拉脱维亚，这对作为诗人和普通人的查克斯来说都是致命的。他害怕杀害了他许多早年的文学同行的苏联当局；那些同行是在一战后或三十年代中后期逃离拉脱维亚独裁政府统治最终回到俄罗斯的。他担心苏联当局不满于他在"资产阶级拉脱维亚"的成功，创作了有关修复供水系统、重建工厂、斯达汉诺夫运动的诗歌，不忘赞颂《你，我的莫斯科》和《万国之父》中的约瑟夫·斯大林："我们的幸福将随着太阳升起：/投票给斯大林是我们的乐趣"，以及其他更令人尴尬、几乎带着嘲讽意味的诗行——与其说是嘲讽怪诞的政权，不如说是嘲讽他自己的诗人气质。当局扑向了他。1947年他被一家报纸解雇，自那时起，他的诗无论创作于二战后还是二三十年代，都逐字逐句被审查。正如文学史学家罗尔夫斯·埃克马尼斯（Rolfs Ekmanis）的观察："查克斯的异端邪说的三个主要原因：他的马克思列宁主义知识不尽如人意，二战德国占领拉脱维亚期间决定留下［而不是与苏联人一起撤离］，以及他在拉脱维亚独立期间不愿加入马克思主义地下组织。"

于是曾将世界描述为酒吧（Krogs）的查克斯，开始真的每天在酒吧买醉的生活。米尔达·格林费尔德回忆说，当他再次因自己诗中明显的"资产阶级民族主义"遭受轮番严厉批评后，查克斯在公园的雪地打滚，那是他以前西装革履漫步的公园；她怎么使劲也拉他不起。查克斯心力衰竭，在米尔达家的公寓去世，享年四十九岁。一年后，他的"天赐礼物"米尔达·格林费尔德因翻译法国文学作品被驱逐到西伯利亚，1956年才返回拉脱维亚。

查克斯对拉脱维亚人来说是什么？他的"门徒"之一，诗人奥亚尔斯·法阿茨尔蒂斯（Ojārs Vācietis，1933—1983）在那首一百零六行的诗《查克斯》中做了总结，我仅引用其中的部分诗行：

……他死了没留下

任何诫命

麻木的双手刻写它们

在心中冰冷的混凝土中。

他在身后留下

充满惊奇的眼睛，

浪漫主义者

与流氓，

他时常虚弱

如一根玻璃制的头发,

他充满怀疑渐渐成熟

如一棵巨树上的花苞。

但是,当里加老城

降临一个难以言喻的夜晚

忆起查克斯

没有词,吻与歌会殚竭,

人们的想法

探入他的诗歌之井

汲取一个明亮而苦乐参半世界的

全部［……］

致里加

你的呼吸触到我的舌头就开裂了
一半留给我,因此我存活。
我是你的,从脚跟到后颈。
确确实实。

你不会离开我——永远不会:
我存在于你上方昏暗的空间
注定死于你街道凸起的臀部,
届时街灯将围我而立如蜡烛。

时间将以街上臭气遮蔽我的遗体
封住我的双唇是一片湿树叶。
我的头顶飘着一块街牌,
夜晚的鸽子们在我腋下入眠。

当我的身体开始缓缓腐烂,

我的汁液吸入椴树的根系，
秋天将降临每一座公园，
扯下所有树叶装满它的篮子。

而后，我将起身如寒冷的
晨雾，鹤的嘟哝在雾中隐蔽，
向上，蓝色玻璃天际线之外
那里将是我的残骸和终结。

你的呼吸触到我的舌头就开裂了
一半留给我，因此我存活。
我是你的，从脚跟到后颈。
确确实实。

罗曼蒂克

我居住在城中墙壁的正中间，
这里是个花园——
一个花盆立在房间凳子之上
花瓶里插一大束去年的石楠。

没有比水沟更宽的河
没有比水洼更大的湖
这里，阳光送暖
地下室的孩子们在蹚水。

这里所谓的大自然
像一只橘子的皮
丢弃在人行道以及
院内粪桶里的几片萝卜叶。

夜晚

在我窗下，夜莺的声音
代之以风中招牌的咯吱咯吱
以及屋顶猫的咪咪叫。

但依然亲切而珍贵
如我怀里的至爱
是我的内城以及
它的那些碎石街。

那里
窗户敞开
我会不倦地凝望
替换了星星的闪亮灯盏
深陷梦中
思念他
他创造这一切
直到它们变成我的必需
像脉搏
像鼓帆的风
像船上的舵手和船员。

牵小狗的年轻女士

里加老城一小巷，狭窄
如邮箱的投信口，
那里喧闹和拥挤只是回声，
柏油、铁还有苹果味
散发自干燥的地窖。

我遇见一位年轻女士——
优雅而敏捷
像舌头，
像琴弓拉动小提琴。

她穿的鞋——漆皮，亮黑——
红色条纹，脚跟绿色。
她的帽子——焖烧的硕大煤块——
发出红色亮光
罩着杏仁脸

双唇
红似血。

她步履匆匆
像开瓶的塞尔脱汽水,
像水冲泻急陡的排水沟,
紧紧拽在她身边的
还有一只棕色皮带套着的小狗——
大
如铁匠的拳头,
一双小脚颤动
像果冻。

她步履匆匆
阵脚慌乱
像打翻的篮子里倒出的苹果,
因为暴风雨近了,
仿佛就在屋顶瓦板之上
庞大的烟雾
从火苗里喷涌而出。

海　报

海报，海报——城市的灵魂——
五颜六色，尖叫如女士们的长袜——
血红、黑色与黄色——
从各个角落，从灯杆和
市郊，逼近我甚于午夜的妓女。

海报，海报——城市的圣物——
演出、集市和活动的日历，
我爱，我爱你们
像少年的我爱足球，
拳击和冰激凌蛋卷。
我的灵魂里太多的东西
接近你们的杂色多样，一行行
经受住了对照与断裂的字母。

海报，海报——你们是我匆匆灵魂最好的食谱书。

排水管

排水管,
你——
我童年的第一件乐器,
五层楼高,
一根锡制灰色面条——
在你滔滔不绝的嘴下方
天寒时长出
闪闪发光的冰胡须——
男孩们唯一可得的免费雪糕。

你——
所有苍蝇和蜈蚣的冬天住所,
雨水最长的隧道
倾斜流向水沟,
朝香烟蒂和苹果皮靠拢。

你到底为何
那样脆那样弱
沿楼层伸往高处
一如我的悲伤

你何以如此模样
那样纤那样瘦
像我房间里的花
时髦明信片上的少女

也许这是所有
向上追求者的命运,
远离街上的喧嚣与拥挤
远离臃肿而低廉的生活。

城市夏夜

我的窗外没有香气
没有木樨草花的气息，
没有爬满蜜蜂的椴树；
只有院内散落着
木柴似的
旧车橡胶和轮胎。

如夜花
打开它们的盖，
那里，垃圾桶散发恶臭
等候老鼠
蜈蚣以及
几条流浪的狗。

院内的鹅卵石
辐射温暖的爱抚

如一个渐渐变凉的灶头;
那么奇异的
紧张的安静
你竟然想竭力守住。

只是深夜看门人时不时
发出叹息,
手持钥匙
不得不为人开门,
偶尔一辆车
急驰而过
尾部戴朵红色康乃馨
前额是两朵明亮的茶色玫瑰。

报　亭

在不再需要蜡烛的早上
或失明的夜晚，街灯亮着
微弱的蓝光，老树浓荫下
报亭像撑把绿伞，伫立。

没有风，也没突然的雨
如对待你那样把它们逐出
街道，即便你流落郊区
它们也总居一角站在你眼前。

平和像神圣的喇嘛
也像脚下光滑的柏油路，
不被光艳照人的女士们
最肉感的纤秀长腿诱惑。

谁知道，它们何时哭何时笑。

或许是在深夜,在打烊之后。
它们不读**苏德拉贝卡尔纳**①的诗
也从未有过去看场电影的念头。

该死,究竟从多漫长的岁月
它们的骨头里渗入了这淡泊!
但我爱它们,一如年少时
我就吃酸奶乳酪无需面包。

当它们在街灯旁站着
酷似我眼里的**帕特**和**帕特松**②。
只差他们没穿优雅的燕尾服,
漆皮鞋——菲特森公司的牌子。

如果有人,按照老习俗
想送我一件像样的节日礼物

---

① 苏德拉贝卡尔纳,即亚阿尼斯·苏德拉贝卡尔纳(Jānis Sudrabkalns,1894—1975),拉脱维亚20世纪20年代最重要的诗人之一,查克斯的诗友,其诗实现了古典诗与现代诗特有的母题和隐喻以及世界文化丰富记忆的结合。
② 帕特和帕特松(Pat & Patachon),是默片时代丹麦喜剧两人组。帕特丹麦语意指灯塔,帕特松丹麦语意指拖车或边车。1921—1940年期间,他们制作了大约55部电影。帕特和帕特松成为开玩笑的谚语,描述两个体型非常不同的尴尬并列。

请以肩膀扛来一个报亭吧
连同一大捆一大捆的报纸。

一天当我迎来床上的弥留之际，
脸色苍白如裁缝父亲的粉笔。
不要给我玫瑰，不要给石楠花，
只给我一个报亭携上即可。

即便慈爱的主那儿也没有报亭
在那高处，早已聚集一大群
吸烟者以及众多著名作家：
所有人追随圣灵都失败了……

街角的警察按时换班，
守夜人提着灯往家回。
只有那些报亭永不犯错
伫立，朝身侧微微倾斜。

城市之春

水沟已发臭,深棕如巧克力
污浊的浑水潺潺流淌。
柏油路已褪去雪的皮肤很久,
人行道可以行走了。

院内雪已扫出。粪坑在阳光下
冒气,那里强壮而狂野,
风大宗采购了最美妙的气味
掏它们出来撒在街头。

电影院开始淡忘。阳光穿过日子。
长椅等待就坐。
今天我还看见墙上几只苍蝇
和一只蟑螂。

而在远郊,用真实的泥巴

在那里你可以灌满你的靴子。
为羽毛、钥匙以及旧沙皇卢布
男孩子们玩起扎克塞硬币游戏。

伤感四重奏

哦,街角的亲爱的马车夫们
说起路,我总与你们感同身受!
我的心,有了你们和墙壁,
就不可能像一个水洼迅速干涸。

喉咙下的歌声还将回响很久,
落日余晖不会迅速从窗台消逝,
灯光也没那么早潜入灯泡,
迎来一位守门人拎着一串钥匙。

哦,它们是在街上从未出现的
闪光,流动在排水沟里的声响!
是的,你们如世上的一切
似乎我将永远无法离弃。

伴随汽车鸣笛和有轨电车的

响铃,伴随石头的阵阵高喊,
一股热情务必由我的诗行承载,
街道呀,你们是我儿时奔跑的地方。

即便我入棺埋葬,请依然
允许我感受坟墓上方,雨声
敲打林荫道边的树叶如何嘀嗒
店面招牌如何摇摆咯吱作响。

在我那来自星星的神奇听觉里
人行道携来的每一个脚步声
依然会在我的胸膛我的心里
回响,柔和如笛声抚慰我。

哦,在街角的亲爱的马车夫们
一个个报亭在排水沟上吱嘎——
当告别墙壁的那一天来临,
我也会把你们如圣像携带。

替代死亡之叶遮住我额头的
是母亲摊开的一张电影海报,
其上可能写着——电影《剥皮额头》

由著名艺术家汤姆·米克斯主演。

在我枕头肩膀的脚下
英雄们的奖章生锈了,
我的几枚硬币仰躺;看见
它们,我会更轻易爬上天堂。

告别郊外

你,郊外,始终跟随我,
我怀着贪婪的渴望喝下你,
而后以你那叶片的丝绸
擦去余留在我唇上的潮湿。

我走了,你那些发光的沙子
用金子填满我留在田野里的脚印。
夜晚附身倾注温暖与安宁
猫头鹰睁大了害怕的眼睛如伤口。

我不悲伤,因为我太疲惫了。
只是倚着栅栏,再次屈膝跪地
再次望着群鸟在明亮地振翅,
在木板上我吻到了金色泪珠。

玛利亚大街

哦,玛利亚大街,
犹太人与
夜鸟
占据你——
请允我
赞美你
以长长的柔韧诗节
如长颈鹿的脖子。

玛利亚大街
——永恒的商人——
你买卖
太阳与月亮,
一切,
从废弃的垃圾
到神圣的肉体。

哦，在你颤抖的体内
我感受到
现世的脉搏居于
蛇皮的闪闪鳞光里——
我的灵魂——
太多的诞生；
无尽的焦虑
满溢不止的躁动，
来回猛冲
如一条狗喘气的舌头。
哦，玛利亚大街！

穿漆皮鞋的船员

林荫大道左右是两排街灯
及梳妆打扮过的椴树,
在那里,我遇见一船员
脚穿漆皮鞋,窄长,铮亮如长矛
挺胸像鼓满的帆。

他的脸棕色
像枚铜币,
像抛光过的橡木柜,
脚步骚动如海浪。

他无疑是位情场高手,
有性格
像洒尔脱汽水
像火药粉,
永不满足,不在港口歇息。

他的眼睛色泽
如猫眼——
那里树叶的绿色和锈迹
与蓝色混合在一起。

他的眼睛如猫眼
从色泽上看
厚颜无耻如娼妓,
如四月的狗。

他刚刚走下船
对面包般的爱如饥似渴
身上飘散船上
焦油、鲱鱼和海的气味,
随他从根特① 来到里加。

他刚刚走下船,
漆皮鞋已穿在他脚上,
他已如水池满溢
扑向女人的身体。

---

① 比利时城市,位于斯海尔德河和莱斯河汇合处,有长 26 公里的运河直通北海,由根特市和周围的一些小镇组成,是弗兰德斯地区的中心城市、比利时西北部重要的铁路枢纽和港口。

绿色郊外

如果我结束痛苦如跨过一水沟
我金色麦芽似的头发就会冒泡。
但我不能锁心于冰冷的棺木,
——我已不再拥有这天赋。

扛在我肩上的头圆而光滑
如百支蜡烛能量的欧司朗灯泡,
代替我的头发,它散发
一道奇异的光横过旧马路。

女人的唇离我远似童年,
在郊外小路,我从早游荡到晚
那里的山羊脖上挂着响铃
叮叮当当像来自大教堂的钟。

我途经的院内小苹果树

花开了,朝我笑亮似灯笼。
在那天空的淡蓝色写字板上
云朵白如陶瓷,在滑翔。

我听见画眉鸟像男孩在吹口哨
花园里嘎嘎响像有人往旧铁罐扔豆。
我需当心狗——不放过我的脚踝,
在齐肩高的大门内向我瞪视。

哦,我的郊外,亲切的绿意
如一顶新帽,我将它戴上。
而城市大街上一片喧闹闪光,
心在无尾夜礼服下铅化。

是否我只能在空虚中剔剔牙?
大街上,沥青还在肆意延伸。
你好——我来了带着土豆芽
从无尾夜礼服的扣眼里直冒。

没关系,即便我的漆皮鞋粘黄渍,
面纱般缭绕我的是奶牛的臭气!
我推着郊外来的送奶车一如
手牵姐妹沿平坦的大街走向圣女。

楼 梯

（节选）

我爱楼梯，爱它的启示
它灰白的安静里充满的奇异之力。
多好呀，沿着它你的心拾级
往上，你的肉身托举大地！

我深爱楼梯，除此之外
或许我还爱鸟、水和阳光。
当我心抽搐，不得不去做
必须被忘却必须被遗弃之事
我就上楼登上它的顶部，
独自站立如在大山的额头
直到我所携的全部重量粉碎，
我的心清澈如一滴水
谦卑地溶于其整个空间中……

这一生，在楼梯上摸爬滚打
曾令我窒息，也给了我喜悦。
无论去哪里都觉得楼梯就在附近。
当死亡逼近，我绿色的呼吸
还将在其表面铺一层微薄的潮湿，
即便生命到了尽头，我依然
能品尝生命所有的苦涩，
琐碎同时又熠熠闪光的高贵：
流淌摸爬在楼梯，日复一日。

马车夫之诗

（节选）

再次吹拂脸颊的是里加呼出的冷气，
在脚下昏暗的某处，水在流动。
一个冷漠的空间包裹着房屋和楼板，
疾驶的车辆止住了灰狗似的吼叫。

寒霜低语在大街昏暗的巷内，
安静的树在附近花园沙沙作响，
里加老城里高耸的教堂塔尖
爬向天空如闪光，遥远而炫白。

哦，我的里加，苍老灰白的里加，
你总是把我的心衔走
如敏捷的飞燕之于一绒毛——
对你的致敬来自我灵魂深处。

在你的街上我学会了行走,
街边的灯杆教我炙热地跨越大地。
你所有的酒吧对我唯有早年的
一个如街边的水洼,永不消失。

再次我欲举起声音之手
大声告诉你我呼吸里的战栗,
那些话语如岁月纤柔的舞步
使得每只心灵之鸟随之吟唱……

一个傍晚

在侧边有靠背的长沙发上
我们坐了整整一个晚上
为塔希提岛①上的
暮光感伤。

一种奇怪的潮湿在墙角,
书籍的呼吸沉重。
你柔声对我说:你听见
某人在海上弹齐特琴吗?

给我你的手,你接着提议。
——窗外一只鸟在滑翔,
双爪亮白,

---

① 也称大溪地,是法属波利尼西亚向风群岛中的最大岛屿,位于南太平洋。四季温暖如春、物产丰富。居民称自己为"上帝的人",外国人则认为这里是"最接近天堂的地方"。

粘着夹杂阳光的沙粒。

它会给我们那些沙粒
而后变成墙上的画,
于是,自这美好日子始
我们的嘴上总衔着笑。

哦,有时整个世界
仅存在于一吻。
你的手指闻起来如欧当归[①]
而大地在脑海里转暗。

---

① 一种高约 1.8—2.5 米高多年生植物,叶子可药用,根作蔬菜;种子为香料,拉脱维亚当地的烹饪中常用。

为　你

椴树转暗，风在叶簇中沉寂，
一种陌生的倦怠压低了
青草，今天你又一次
失约，没有信守承诺。

为什么你笑着轻声保证
夕阳西下之后你会前来，
就在你明明知道自己
想去的是别处的当时？……

或许那就是你的想法与
用意，我痛苦而孤单地将你等候。
当风越过大地送来夜色，
奶白色的路在黑暗中消逝。

谁知道呢，或许这并非坏事

我坐在这儿孤单而忧伤——
我现在的朋友是——路牌,
夜晚和静默——美妙的静默。

椴树转暗,风在叶簇中沉寂,
一种陌生的倦怠压低了
青草,今天你又一次
失约,没有信守承诺。

一位步枪兵给拉脱维亚女子的歌

如果你悲伤,我的朋友
不要去那里,
不要走向山上的圆形咖啡厅:
那里就坐的女士们,
涂高级口红,
用东方香水
身上是情人们的雪茄味;
那位犹太小提琴手太帅,
几位年轻男子
一杯咖啡在那儿待上几小时,
偷瞄落单的年轻女子。
……别去那里。

如果你悲伤,我的朋友
请来我这里。

我已把蜡烛茬

塞入一个巴尔萨姆①空酒瓶,

一张浅棕色纸牌小桌,

我昨天刚买,

还有一杯水手伏特加。

来吧。

我已用外套为你铺地板,

月亮将从窗外照入,

鸽子在邻居屋顶咕咕咕,

我将为你唱

各种鸟和水的歌。

来吧……

---

① 指巴尔萨姆酒,东欧和东北欧国家一种传统草本植物药酒,酒精度 40%—50%,最初为药用。里加的黑巴尔萨姆酒被誉为拉脱维亚国酒。

今 夜

今夜我想梦见
一切，高过塔尖的一切。

小广场长椅——
你在那儿就坐，电车轰鸣驶过，
你没有闻到草坪的清香
美妙而升腾，柔软如雨？
确凿地，白桦树
　　　　　　在蓝天下
站立，洁白像身穿睡衣。
茉莉花散发香气。
奶牛在畜棚里叹息。
牛棚局促似月薪
它的干草堆浸淫
人们的亲吻。

今夜我想做梦

仅仅是做梦

以忘记钱是必须的

忘记鞋底已有破洞

忘记明天

　　我必须找到工作。

今夜我将坐在哪儿之诗

小可爱,
今夜我会坐在你脚边,
一个金色枕头上。

我们会卸下灯盏里的灯泡,
这样仅有月光将我们爱抚。

瞧
碧空那么蓝
像富人大宅楼梯上的彩色
玻璃。
而星星
难道不是城里男孩们的
手电筒,
在找某只丢失的小狗?

你知道，
现在的咖啡馆满溢蓝色
烟雾
仿佛抬入了云端。
但我们坐着——就我俩。
你想听音乐吗？
请倾听窗外有轨电车
驶过的轰隆隆声
和水泵上滴落的水珠。

你的膝盖温暖似呼吸
你的手掌放在我脸颊
芳香而梦幻。

你微张的双唇
诱惑着房间里的空气
入嘴，散发桃金娘花
与女房东旧家具的气息。

小可爱，
今夜我会坐在你脚边
一个金色枕头上。

今 天

今天我安然度过一日
在门槛上坐着,夕阳西下,
看见花园里干草已收割
劳作的人们正在回家。

我听见马在院里饮水,
伴以鸟鸣,孩子们在某处吟唱,
一种陌生的寂静曾于我心,
现在依然挥之不去如芳香,

缭绕我头顶的是椴树和远方。
脚下是日光后暖暖的白沙,
青草细嫩散发蜂蜜的香气,
轻风温暖如呼吸吹在脸上。

今天我安然度过一日,

在门槛上坐着,夕阳西下——
如果能如此再度一日
我就会再展微笑一如从前。

在街上

我在街上已漫游四个小时
还是不知道,要去干什么。

我已经看够橱窗里的
套装及其厚实的面料。
我已看够群鸟
飞越街巷,
女人们
椴树丛
它们梦见蜜蜂与
湖面的涟漪
温暖柔软如皮肤;
够了。

或许我应去街角把鞋擦干净,
喝掉这瓶啤酒

跳上结实的有轨电车
前往郊外，
道加尔河岸边
那里泛黄的木板
洒满芳香的汗水。
那里男孩们垂钓小白鱼
并梦见爪哇岛
那里阳光青草
沙子在泛红
轻盈纯净如蒲公英花冠。

或许。

女售货员

我走入林荫大道边
最奢华的商店买袜。

接待我的那位
女售货员,中等身材
涂了油的指甲像杏仁。

展示各种款式,
她的手芳香
散发名牌香皂与
一款中等价位香水的气息。

她的领口
有些过低了,
因为她属于那类
第四杯烈酒后

就掐灭她男伴刚点燃的香烟
说亚美尼亚双关笑话
在灯下接吻的人。

我,俯身挨近她,说:
"今晚十点
赛马俱乐部
进门第十个台子。"——
"好的",她点头
然后袜子售价
便宜了两毛。

序　曲

我可以在你脚边
放置我的孤寂
如一个哑了的闹铃吗?
我想独自远走他乡:
在我的嘴唇上
只有愠怒的冷笑。

田野在轻雾的呼吸里隐遁
我孤独前行,毫不停歇。
我的双脚想让道路
像一条狗向前奔跑,
直到发现一个
宁静裹着的住处。

在那里,我将与自己
独处,走到生命尽头。

当我拥有最后的安宁
如干草经烈日炙烤之后
那样干净,那样蓬松
芳香满溢,窸窸窣窣。

我与火车

晚上。

车站。

灯光如黄色碎布条。
列车长吹了十次哨子,
火车不动。
列车长第十一次吹哨了——
同原样。

我,
坐在窄小车厢内如餐馆三明治,
划了十次火柴,
但没划着。
我,
坐在窄小车厢内,

第十一次划了火柴——
同原样。

于是我推开车窗
新鲜空气吹入
于是我推开车窗
唤醒睡着了的司机

火车鸣笛,开始移动
车厢内涌动新鲜空气
火柴划着了——红
如我的心。

我渴望其他形体

越来越多的时候，
我厌倦做人。
虚而弱。
变成一只粉鹳
在开罗。

我想变成
哪怕就一间小屋
住一家三口；
哪怕椅子的一只脚
将折。

越来越多的时候，
我不喜欢做人。
所有激情的诱惑
在我身上已缓缓退却。

如果我变成一个墙角
蜘蛛网布满其中,
要不简简单单一个面团
一棵橘色仙人掌。

哪怕变成一块薄饼
或家中房间的地板:
那样每天早晨
必须早起,免了。

置身于阳光。
狗会用鼻子触碰我。
我会撕裂人们的鞋底。
没门!
我已备受折磨脑袋空空。

我只是个人。
微而小。
我有何力量?
无。

一只螳螂也能跃至
十倍于其自身的高处。
我徒劳呼唤一颗星于掌心
我只允许燃烧。

哦，如果我能刺扎落日
令其葡萄酒注入我，
而后我的心如花
举于风中，任其碎裂。

整个房间里芳香清逸
而弥漫
在叙说我的心曾如此
炙热。

我的城内小花园

这里树叶积尘棕黄如咖啡,
像老处女悬挂枝头,毫无姿容。
这里大门内一大早就有牛奶罐
在斥责,旁边库房里猫鼠出没。

阳光下碎石闪烁如玻璃屑和鱼鳞,
而十株罂粟,站立一排,
血红似刚下残酷火线。

这里,女子们提着水桶走过,
一条狗在栅栏木板间探出鼻子。
笑对一切,我不抱怨——
只有第一簇雪花莲是美的吗?

不,我非常喜欢我的小花园——
当我倦于人群、聚会

与纤瘦双臂不自然的拥抱，
我在这里独自一坐就一天
梦想一个底楼带浴室的房间
以及我那不存在的爪哇种植园。

梦 吧

梦吧,你就不会渺小,
全世界如格瓦斯①注入你。

梦刺穿最硬的钢铁
把人举向万物高处。

梦中你成为自己的开始,
自己的根与自己的金钟罩。

梦吧!

---

① 一种盛行于俄罗斯、乌克兰和其他东欧国家的低度酒精饮料,用面包干发酵酿制而成,颜色近似啤酒而略呈红色。

神经衰弱

六点
食品店门口,
橱窗内
摆着
五个馅饼,硬似橡胶,
一块荷兰乳酪,
其香气胜过廉价的脂粉
去年夏天的萝卜与
四条熏鲱鱼,
六点
我在等她。

两伙男孩结束了打架,
五百辆货车来了又走,
六百辆自行车、汽车——
但她没来。

店主锁了店门,
电影院放出最后一位观众,
街上车流终止,
街灯熄灭,
但她没来。

后来我看见昏暗中
走来一人,
我以为是——她
结果是位守夜人。

再后来我看见昏暗中
站立一人——
我以为是:她
结果是位巡警。

再后来我听见
一个女人在呼救,
我还以为——是她
结果是位酒吧轰赶出来的女子。

愤怒控制了我：
那辆车夫的马车
我想抓住车的轮轴
掀它个底朝天。
我想砸了街灯。
推倒售货亭。
撕下街角的路牌
挂在
已入睡守夜人的腹部，
我想——
但我只能拖着脚步回家——睡觉。

第一场雪

今天下了第一场雪。如此甜蜜
美好,我只想跟你说甜蜜美好之事。
窗外的冷杉树如一位白发王后,
所有秋天的阴霾不见踪影。

漫步走在花园安静的小径
冬天新的爱抚摩挲着我的脸
痛楚,不幸和狂暴秋夜之后
我所有的仇敌似乎都像刀折起来了。

幽 会

当夜投射玫瑰的粉色入街灯
暮光里街巷的转弯无人留意。
我手持年少时代的棍子
出发去寻找早年的快乐。

我去了曾经的住家
在那里脚下依然察觉有沙子；
但感受沙子的柔软
我需光脚丫如从前。

在那里吹早年的口哨
必须穿上当年的短裤，
随后一条狗在围栏内狂吠，
街上传来女孩们的欢声尖叫。

在那里我想扯下一个

裤纽扣,用它敲围栏或
底楼某房间的厚玻璃窗
凿出一个孔,透出亮光……

我想向那旧围栏问话:
它们已刷了多少遍漆了——
我在它们身上刀刻出的
伤疤如今一个也没剩下。

在那里,如早年你举手,
问候?不,是越过围栏,
渴望摘下院内树上的苹果
让你的嘴亲吻后品尝。

接着,双眼兴奋地放光
我想举棍横扫走过围栏
你无法想象羞涩的暮光里
那是多么勇敢美妙的声响!

变了!你眼中质朴的院内
代替公鸡的是孩子们的歌唱,
一种飘荡的甜美我无法忆起

只因此时,曼陀罗正当绽放。

当夜投射玫瑰的粉色入街灯
暮光里街巷的转弯无人留意。
我手持年少时代的棍子
出发去寻找早年的快乐。

邀 请

晚上
我的朋友
请不要坐在台阶上
凝望那些星星,
它们
就像诗人,
仅在死后闪耀。

瞧,
公寓地下室
守门人已点上蜡烛
围坐桌边,
叮当如有轨电车的铃响
几把汤勺
触碰便宜餐盘。

潮湿
薄如纸
人行道上
疲惫的雾安顿。

月亮
色泽如黄油。
很遗憾
你没有
刀叉和面包,
话说回来,
谁会在乎?
一块黄色梦幻三明治
现在适合
我
享用。
适合我俩
安静地坐在一起。

一如飘移的浮云
我的头栖于
你的膝盖。

而你的手指

在我发烫的头上

我感觉

像凉凉的——雨——滴。

看——

雾升向月亮

薄如

蝇翼。

树木惧黑,

它们一身汗水

冰凉

如霜冻中的黄铜门把手……

我的朋友,

不要坐在

台阶上。

回屋

我会点着壁炉

以十三根柴火。

我会从床上
取两枕头
把它们摊展
在地板上
铺一块毯子，
它，我取自
柯尔克孜人的帐篷中。

夜晚
欲爬窗而入
徒劳无果。
我会拉起窗帘——
软而厚
如头发。

我会敏捷地
从你脚上脱下
你的鞋
把它们放回床下。
我俩对着

炉火而坐
那么近,
以致我俩的衣服
因炙烤冒水汽
疾驰如马。

你的唇上
将栖落
一只鸟的沉寂。

我的眼里
你
安然就坐
如怀中。

然后
我会跟你讲故事
关于一个男孩
他绕一个院子游荡
制造笑话。

郊外女子

今天我见到一位郊外女子在街头——
电车和巴士咔嚓咔嚓驶过如织布线轴，
街边橱窗在炫耀各自拥有的富足
人们在那里疾步匆匆像刚摆脱地狱。

今天在街头我见到一位郊外女子。
她赤足，裸手，腼腆的目光
切开我血液里的冰如石头之于玻璃。

她棕色的肌肤，醉人似茉莉花，
灼热如深插我胸膛的匕首露出手柄。

我与一位女士

我就坐的酒吧隔间
面积不超过一个电话亭。
吧台上有个醉汉在吹牛,
旁边一位在唱:呀吼吼……

壁炉对面,
粉红如耳廓尖,
一位女士在独自悲伤——
可以聊一会吗?

但,当我
朝她点头暗示,
女士耸肩
倾注我一脸惊愕的锡。

就像有弹性的橡胶,

她的嘴唇拉伸至两侧。
但透过服饰,她的肩膀发亮,
她衣着单薄。

她脚穿棕色皮鞋
胶鞋底洁白如乳酪。
她的邻桌有人在吹牛,
当然我置若罔闻。

哦,我认识这位六点到七点
在商店做橱窗模特的女士。
在这么晚了的酒吧
她在等她的情人吗?

我一杯接一杯地喝,估摸着
这个晚上对我来说太昂贵了;
但那位女士才不在乎钱的价值:
坐在她褶皱的裙上。

什么香水洒在她胸脯?……
我的鼻子差不多闻到了气息,
但烟、汗味和酒气

如一麻袋把我套住。

那位女士支在桌上的双臂
如两只细高闪亮的花瓶。
我得喝完杯中葡萄酒
只因她是一枝红色康乃馨?……

或以幻想之钳向她
殷勤地献上我的心,如花?……
激动,我起身站立
再也找不到自己的座位。

是的,我脑海中的念头
像两只鸽子傻傻地盘旋,
我朝四面八方晃动,
一如坠入一只悬着的篮子。

"服务员,这陶醉的迷雾
把它从我眼里像灰尘擦去吧!"
——先生,请不要
教年轻人做那种蠢事!

雾腾腾的空气如水波动。
我的桌子如冰块漂浮。
透过其衣服,我的女士
在我眼中,如丽达赤裸。

我开始思忖——为何
自己看她非要透过她的衣服。
只因不能抚摸她的身体
用手,像雪上的橇?

我的眼睛苦恼地眯起,
痛苦已死死抓住我的心,
只见:我的女士身边已出现
一位活力满满的年轻男士。

于是我猛然抓起那些
展现在香槟酒杯里的纸张,
写下这首诗的每一行
在一种敌意的狂躁中。

致一位高傲的女士

你轻视我,以一丝微笑
它冰冷似刀片压着我的呼吸。
整个晚上我都在喝黑酒
站在那儿像在做长长的忏悔。

我早就说了,苦替代爱
会像昏黑而炙热的夜晚温暖你;
如果我现在恳请同你说话
你即刻会退缩并且说:还有时间——

你的微笑遮住你的双唇
你的身体似被火点燃被恨吞噬。
整个晚上我都在喝黑酒,
但我对他人只说高脚杯很苗条。

这不很愚蠢吗?为何我们不能和好?

你很清楚现在的我有多么孤独。
很久了我不敢浸泡在痛苦的雨中,
我的心柔嫩如刚收割的草。

或许你喜欢我因痛苦而窒息
渐渐僵冻,当刻度达到极限。
不知你会是何举动,如果我突然
把手插入你发簇如同往常如同过去?

你及时用你的微笑杀死了我
迅速藏匿你的鞋刚才站的位置。
然后与你的朋友们继续交谈,轻柔,
骄傲坐在你的肩膀上如一只孔雀。

三本书

我出版了一本书
漂亮
关于永恒
　　　艺术
　　　　　与灵魂,
书出版了,
但是所有书店
严厉
统一
拒售
我的书,

我是否陷入沮丧?
不!
我出版了另一本
书,

热忱之书
关于兄弟之情
　　助人为乐
　　　　人的未来
　　　　　　及其文化的恢弘。

但是徒劳
我找呀找
在书店玻璃窗台，
在装帧奢华的小说
现代派的墨水台
与身材苗条的电影明星照之间，
没找到它。

后来，当我，
走进一家书店
打听我的书
那本热忱之书，
年轻女售货员，芳香
如一支高级雪茄
脸庞温柔似圣母，
笑着说：

"先生，这里不是慈善机构
也不是什么动物保护协会。"

于是
在一个起雾的秋日傍晚，
在林荫大道的椴树下
代替花香的
仅为喷了香水的
街头女子
以及从昏暗里冲出来的车辆
额上顶着两个炫目的太阳，
我，
回到了家，
脱了鞋，把它扔出窗户，
卖外套给女房东
当房租，
坐下
然后——
开始写一本书：

"实用的建议
　　给盗窃国库者，

　　　　给造伪币者，
　　　　　给杀人者，
　　　　　　给不法婚姻者，
　　　　　　　给新手写作者，
　　　　　　　　给升学考不及格的学生，
　　　　　　　给汽车司机以及
　　　　　　　　舞姿笨拙的人。"

二十个书商巨头
争抢我的书
像争抢一项政府补贴。

然后，当这本书发行
成千上万——
亮光
闪烁的广告
在全国传播
我那本书的名字。

并列于
著名的邓禄普轮胎，
神奇的霍比格恩特粉妆

与高露洁牙膏,
在每个角落的柱墙上
在每个展示柜对视你的
是我的脸
窄长消瘦
由于不眠的夜晚
午餐只能在梦里吃。

出版社的
代理人——促销商——
高喊:
——万岁!——

流浪汉和学生思忖,
看着那张陌生的脸:
——他是位瑜伽士——
戒食时长纪录保持者,
一位日本拳击手,
杰克·邓普西的下一位对手
或又一位被通缉的凶手?——

年轻的女士们感叹:

——哦,他是我们的灵魂救赎者!——

可是
一家摩登
烟草公司
促销
他们用最次品质烟草制作的
最高档的香烟
却冠以我的名字。

爱尔兰朋友

今天
在街上
我遇上一水手,
一位爱尔兰的朋友。

他咧嘴露出的牙齿
雪白像广告里的一样。
伸给我的手
大如锚。

整晚
至次日凌晨两点
我们在酒吧里坐着。

威士忌苦如生活
那天晚上

我爱它胜过

自己和女人的身体。

朝钢琴尖叫,

呵斥工作人员

壮得像公牛,

我唱起步枪兵的歌

那么高昂,

仿佛那件旧大衣

又披上了我肩膀。

水手坐着一脸阴沉

仿佛正在听一首歌

关于悲伤与失去的爱情。

他脑海里浮现了

祖国——雾蒙蒙的爱尔兰。

突然

他把酒杯

砸向地板,

猛砸

并且朝所有压迫者脸上

说呸

在那天晚上。

在有轨电车上

在有轨电车上
我的眼神提起
她的短裙过膝
往更高处。

但她
面你而坐
那么冷峻
像电车上的铜扶手
在零下二十三度。

妙龄女士,
哦,但愿你知道,
我的心跳
如此之快
像你的手指

在罗亚尔牌打印机上
打部长的法令。

但她
面你而坐
那么冷峻
像电车上的铜扶手
在零下二十三度。

她才不在意眼前这个
戴鸭舌帽穿旧靴的家伙呢。

她正去赴晚会途中,
在那里她将抿着美酒
跳查尔斯顿舞
然后,大约凌晨四点
在黑暗中献身给一位
骄傲的穿燕尾服的年轻男士。

最后一班有轨电车

最后一班有轨电车开往里加
从停靠站
驶离，铃声未响。
最后一班有轨电车开往里加。
车厢里三位妇女
坐在我对面，
在车厢一角
有位老人喝醉了。

最后一班有轨电车比其他的都快，
摇摆，震颤，轰鸣，
乘务员站在车厢前的站台上，
跟随行驶车身的晃动昏昏欲睡，
他听不见，
那位老人随同电车一起
高唱一位脸蛋玫瑰色的青年，

战场夺走了他的一条腿

贪婪的街道夺走了他的新娘；

他听不见，

三位妇女激烈争论的物价，

预感不祥地疯涨

如诅咒。

如人们心中的不宁；

但于我——

那些话刺痛我

如碎玻璃

如麦茬扎光脚后跟，

一种粉色的迷醉

消失于我的思想和身体，

它，我获自一位女子的唇，

在一座花园的苹果树下。

戒　指

就这样你进来了
脚步轻盈如一位站街女,
裙摆让人深陷至死。

你进来了。

椴树丛闪烁世界的呼吸。
地下
地窖某处
传来乱窜老鼠的吱吱叫,
它们毛皮上
木头锯末发光如金子。

你进来了对我说:
"晚上见。"

温暖的空气里鸟群如热血疾飞。

越过城市、房屋与蒸汽船,

我

呼吸到了海,

我的唇上

是来自云际的露水,

沙子在齿间嘎吱

由风吹入双唇。

"晚上见。"——

这话语

进入心底,

我战栗如露水。

晚上。

我拉上窗帘。

全部窗户的窗帘。

我的心,为庇护它

避开你,我藏它在书架

在灰色书籍、回忆

与酒后的空玻璃杯之间。

三支长蜡烛——
黑、猩红与蓝。
我把它们一起点上。

床上我铺一块透气的黄毛毯。
汗、热情和叹息,
它一并如海绵吸收;
在它旁边
我摆一条长凳
供你扔你那些凌乱的衣裤
上面压一厚重铜盘。

就这样你进来了
强烈,突然如一阵气流
一种香气暗淡了一切。

你进来了。

因你的灼热,
一块地毯在地板上赤裸躺卧,
而后猛然像桦树皮卷曲;
火焰害怕蜡烛

挣脱，遁入昏暗。

你进来了，
安然地微笑
从书架上
取下我的心
向它呼口气……而后
将它像一枚戒指套上你的手指

套上你的手指。

太糟了

太糟了——
我,一位拉脱维亚诗人——
我歌唱什么呢?
我的心
干而薄
像抛光的皮革
敷在一把靠背扶手椅。

如果我是位黑人诗人,
我歌唱
嘴唇,
黝黑温暖
如七月的夜晚
没有星星没有风,
我歌唱
少女的身体,

棕色而结实如土地,
我歌唱
远方的自由
像天空里的云——
如果我是位黑人诗人。

而现在呢?
现在我们有:
糟透的自由,
瘦弱的少女
她们的嘴唇涂得像布,
广播电视塔尖,
橡胶鞋底
我们走在它们上面
安静如猫,
我们安静地感受,
我们安静地思考
并安静地死去。

幻想之镜

柴火一天接一天廉价了。
是不是说,我坐在哪里
喝汽水,已无关紧要?
徒劳,
你们用死亡来吓唬我也徒劳。

没关系,衣着破旧游荡
苍白的天空在我头顶照耀,
没关系,为了一分钱
我在口袋里摸了三小时,
我的幻想已摆在我掌心
我用它喂养安第斯山上的鹰。

高一些
再飞高一些
以我的幻想为滑雪板

越过你们珍爱的一切：
越过金钱和衣服
越过人们用来接吻的时间。

你，
无限，
现在给我迷醉
多过了童年的棒棒糖。

你，
无限，
为你献上我的眼睛。

我感觉
我的体重很快将消失。
我已能
像一条蚯蚓溜入灰泥土，
现在我已经
把十座山摆上手掌，
用脊柱支撑天空。

给我格陵兰岛所有的雪

让我用呼出的气
把它再度融成水!
或者,你们让我触摸燕麦
把它们变成蜡烛上的火焰?

幻想之梦,
是爱
给了我这首歌
爱。
柴堆后面,山坡斜倾
太阳像一只黄色公猫,爬下来
舔我的脸庞。

我躺在柴火边,感觉美好,
头顶之上
键式手风琴
弹奏着电线杆。

山　羊

我躺在柔软的草丛。手持一册小书。
携甜美金色微风，一只山羊走过来了。

我感受到它的温暖听到它呼吸的旋律。
其柔软白色卷毛像李花绽放散发微光。

它仰首朝天，柔声说着什么，
舌头伸在你眼前像瓣细长粉红西瓜：

——我厌倦了鸟，
　　　　厌倦项上挂着的铃响，
现在我想成为你书上
　　　　那些黑色蚂蚁的放牧者。

它们香似香桃木，甜美刺我眼睛。
你是怎么安然牧养它们于白纸之上的？——

我笑着说：——用精神。——精神？

　　　　　山羊惊愕于

那种陌生而特别、令小书顺从的事物。

在候诊室

椅子。咳嗽。衣服的气味。
还有墙上几幅画。
左侧有扇白色的门
叫到号的人依次入内。

隔壁房间锁着的
一条狗从里面不住地扑门。
窗边的书架上
一个旧花篮在打哈欠。

不远处,几扇门之外,
一个茶壶在厨房里低吟。
或许我们这里的所有人
都愿加入,与其共鸣?

但是——沉默。报纸刷刷

翻阅,一张张面孔内敛。
在我旁边坐着的男人
重而圆。

室外,窗台上
几只鸽子在漫步。
不知患了什么病
那位女士那么纤瘦?

感冒?慢性病?
还是腰部酸痛?
我感觉
自己在变成动物。

女士脸色苍白
嘴唇那么红,
从中,我好像
看见血蒸腾而起。

她双手发亮——
深邃而微弱
通过它们我能感觉到

一个温暖和柔软的身形。

不安中我的目光投向
墙上的一个挂钩。
汗水如一条湿毛巾
围紧我的脖子。

她脸色那么苍白,
难道她的鞋夹脚,
或者她错过了
去杜尔贝的最后一班巴士?

要不:我勇敢起来
轻声邀她一起看场电影,
然后回家,沿途
顺便买一斤葡萄?

那条狗
在隔壁房间里安静下来。
我的太阳穴里,幻想
像灼热的鸟群在撞击。

有人往我喉咙铲沙子
用马刺戳我的心
多么希望我能
挺胸而起,击败他!

多么希望我能
坦然告诉女士这一切,
此时护士问了:"你咳嗽吗?"
并递给你一些脱脂棉。

我随即镇定回神。
医生站在门口了。
夹杂着苍蝇的风
欲把窗玻璃击碎。

贫困之美

你在室内舞会，
那里的女士们穿晚礼服长裙，
而我，
在外面的台阶上坐着。

我快冻僵了
萌生一种奇异幻想：
在意识里，我杀死了十二条狗
用它们的皮把自己裹起来。

街上覆盖着雪，
冰凉、蓬松的乳酪。
我的头挨近马的鼻息
以呼吸干草的香气。

亲爱的，

你粉红的双唇快乐中微湿,
而我在街上沉寂而隐蔽
偷偷地以咳嗽自娱,
我的双肺为你弹奏齐特琴。

亲爱的,
在那里你很快会感觉闷热。
说吧,
我是不是抓几把
飘舞在空中颤动的雪花,
让第一位伺者转交给你?

但你笑了,
不知道街上的我存在,
你笑了
叫了一份冷饮。

然后我见到了——恐怖——
出来吧,
我说——出来吧。

在我的掌上

我会为你摊开波斯地毯

我会倒立在它上面，

我会为你画蓝色蝴蝶

为你我会在路上

教大象跳舞，

出来吧，

请来外面，

我看见：

一位年轻男士走近你

俯向你的肩膀：

——明年夏天你打算干什么呢？

为什么我不是该隐？

伺者出现

手端的冰激凌，

像一颗巨大的黄色鱼龙泪

落在粉色水晶盘。

心，

我为何悲伤？

梦——几把小小的银勺,
用它们进餐不花钱。
而我
我毫无能力:
越过玻璃,越过墙和空间,
与你一起
吃那份冰激凌。

亲爱的,
你感觉到了我的呼吸在你手指上
踉跄?
几艘蒸汽船在海上摇摆,
我因它们的颠簸眩晕。
一颗星星以它的一道光斜靠着我——
尽管它居住遥远,遥远。

那位苍白的年轻男子后来如何?

谁会在乎
那一百公斤的肉?
我亲爱的,神圣而诱人的你
爱你的冰激凌胜过了

每颗星星与全世界其他所有。

心,

我到底为何感伤?

我的蟑螂乐团

亲爱的,
为了你我会像头驴去西藏
而你呢?
你笑着锉磨指甲。
我的灵魂像指甲屑落入你的衣褶。

糟透了:
刚才
我的脑袋患了痛风。
是否我应去开爿小店卖啤酒
如果生意不好,
转行再做点其他更安静的?
糟透了。
嗯,为了给你个小惊喜,
我买了十二只蟑螂
将它们放养在我房间。

现在,褐色的它们就在漫步
在啃咬墙纸和地板的脸颊。
接着,
我用唾沫擦拭那面旧玻璃镜
一小时后恢复了它从前的亮光。
授之以十二种舞台造型和技艺
我和蜂蜜训练出了蟑螂乐队。

当你头脑失去平和
来吧,
亲爱的,
来我这里。
一切
这里的一切一如当初。
为你柔软的双肩
遮风挡影的将是一件
天鹅绒披肩,其中我存放了玫瑰花茶,
你将在我祖父的那把深红色椅子就坐。
正对着你的
另一把蓝色椅子上
我的十二只蟑螂
在咕咕咕

比糖鸽更轻柔。
朝它们贪婪瞪视的是
窗外我那只唯一的母鸡。
当我房间里的光线
对你来说,变得太暗
你以为我会悲伤吗?
不!
吃剩薄如纸的白面包屑
我将悬它在天花板上作灯笼。
于是所有事物变得怪异,
而我呢?
我会在一扇老式大门的钥匙孔
为你吹奏长笛
声音听起来尖而细如针刺。

而后,在这里,
亲爱的,
在房间潮湿的亮光中,
在幽灵出没的玻璃镜中,
我那帮训练有素的蟑螂
出场了,
庄严又高贵如孔雀,

从李斯特《匈牙利之舞》到葛里格《艾西之死》

全世界,起立吧!

如果你,
亲爱的,
只要对此露齿一笑,
你知道,
我的心花就会全部绽放。
我会与我那帮
花了那么多个夜晚教出来的门徒,
奔赴德国,
在那里,
存活于汉堡一角
那里潮湿的空气在肺里
如仙人掌刺痛,
在那里
我的蟑螂们跳华尔兹。
跃火堆,
在场内飞行如蜻蜓
大声吟唱英国歌。

狂喜不已的
水手们会互拔嘴里的
烟斗猛抽。
而我呢
夹在人群里
手持一个大铜罐
为你大把收钱。
但是接下来
(我多想唱一首悲伤的歌!)

我那位可怕的竞争对手
会收买我最得力的侍从。
就这样
在一个阳光明媚的早上
在一块蓝色日本丝绸上
我那些还在睡觉的蟑螂
会被绿色而致命的粉末覆盖。
我用最上等的酒精擦洗也没用。
它们还会痛苦而凄凉地死去。
在合葬它们的
奢侈而昂贵的棺材边,
我将站立,身边将是

它们的两位芬兰教练,

静穆着沉思,

我们将手持世界上最美的银莲花。

我们会把它们安葬在汉堡的昆虫墓地。

四月将随风而至,

树木将抽枝散叶?

而我的未来是什么?——

或许有人会以为

还会见到我,

一起去钓鲦鱼?

不!

我是要吃饭的

可我缺钱。

哦,上帝,你为什么给我灵魂?

然后,

亲爱的,

让我忘记你——

我最深的爱和毁灭——

我将疲惫地走向码头

在那里变成一条油腻结实的缆索

等待一把斧头

在某天晚上把我劈成两截。

劈成两截。

剧终。

早晨。

有人以一支巨大的笔从天空吸出夜晚的黑墨。

疲　惫

去一酒吧包间或一餐厅,
我叫了一杯苦黑啤酒,
感觉四处都是死亡的气息
眩晕的恐惧里我索然大笑。

我的青春像手掌里的
冰屑,如今仅剩几滴水。
噼啪焚烧如桦树皮即逝,
我已失去再站起的能力。

是否我还能写诗
并亲吻,直至双唇陶醉?
疲惫的摇篮在心里摇晃
我脚步轻缓,滑向低处。

地　窖

不久前，我还深恶痛绝
它的昏暗、潮湿和顽固，
真想给它脸上来一拳
躲在地下六层墙体间的它。
那里，柴火在夜里抽泣开裂。
那里，阳光在潮湿的沙子里闪烁。
那里，灰鼠吱吱叫，蹦跳出没。
昏暗里水管微亮，从中有水
不断滴上粉色锯末，一滴接一滴
如叹息，如深渊——无休无止
那里，所有漆黑无尽的
空间已撕碎如病人的喘息。
那里，水井小闸门看起来像是
令我恐惧的老恶魔的窄小石阶。
但如今，我高兴地向它伸手
让它拯救我，保护我的尊严：

当宪兵牵着他们贪婪的狗
如死亡的洪水横扫里加,
驱赶我成为德国的奴隶,
我就变成一枚树叶,一个
犁头,在疯狂黑暗的穹顶
我卷起如一团毛隐身在毯中。

为无声焚烧的苦难
复仇,日后我将再起,
被隐藏着生存的渴望
攫取的一切,遗失于
地窖给与我的深处。
那里,通道上的沙子
掩埋了我的脚印。
我扎进柴火堆,深入其中。
我身后,它如手掌在前方掉落。

松木碎条之间我的灵魂和
肉体变得如蓟草苦而瘦。
讨厌的老鼠捡来桦树皮毯子。
夜晚朝我的耳朵低语安然的话语。
那些木柴,枕在我头下

始终呼出一种甜美的香气。
空气挨近,给我它的气息。
但黑色火焰袭击了它的双眼
某种恶毒和痛苦沿台阶走下。
恐惧一把抓住它,携它远去。
我赞颂你,地窖,你是
母亲的怀抱,我锋利的卷刀
我藏匿于你如脑中隐秘的想法
我溶于你如戒指在热锡中。
你是我的希望也是绝望的床。
你仿佛举起了我,窄小石阶中的
一级朝向太阳、自身和脸庞。
我的思绪在人群中颤动——粉色
波浪,双手浸入了劳作丰腴的河流。
而你,你,地窖,守卫了
我对所有永恒和美好事物的热忱。

归　来

我的壁炉、我温暖的家在哪里？
踪迹全无。一切泯灭于火。
我的脚步陷入煤炭的夜晚。
灰烬的纱罩着我裸露的头。

四周空气停滞———股恶臭。
近旁树林里的树都倒在了路边。
话语跨不过我僵硬的上下唇：
眼睛深处焚烧的是沉重不灭的

诅咒：你们，你们德国人
摧毁了我的存在，像野兽
残暴而徒劳。致使我的心
坚硬，没什么再能令它屈服。

水

是否这只是我美好而奇异的
　　幻象：
我厨房里哑了的水龙头
　　复活了。

在它金色的嘴角,我看见一滴水
　　缓缓变大。
我的整间厨房被赋予一种
　　温暖柔和的光亮。

我听见隔壁邻居
　　在兴奋地高叫:
——水来了,来水啦,快
　　快给我拿罐来!——

我拧开水龙头——真的,

水回来了。
一股银色的水冲向我的手掌,
　　它闪亮沁人心脾。

它流过我的双手,哗哗哗
　　久违的水。
我的心渴求的水,如阳光
　　空气的呼吸。

我接起,我抓住
　　长时间地握紧它。
我指间绽放的仿佛是
　　白色玫瑰花。

而后,灌满桶罐,
　　把它献给所有人——
我们清澈的里加水,
　　期盼已久的水。

夜莺低吟

一

夜晚,我在街上踽踽独行
心情沮丧。
淡黄色冰激凌
灌满了街灯。

有轨电车疾行
在一个街角急刹车,
仿佛突然
它的身侧被刺了一刀。

它在那里叹了口气
而后重新启动。
我步入内心深处
寻找一个微笑。

无果。

在我灰绿色脑海

光而圆的头颅里

一个黑人狂舞

身穿红色的鸵鸟羽毛。

二

街上的一汪汪水洼

像被射中的鸟,无法再飞起。

其积水品尝起来

如温汽水遗忘在玻璃杯。

其颜色呈棕色,

或许混合了英式苦啤酒花,

它们在等着被太阳

吸干,以光的吸管。

那会是什么情形

如果我被要求啜饮自己?

哦,我为何在所有

事物的里面寻找间隙?

为何我不期盼,

比如，去喀尔巴阡山旅行？

哦，但愿我能
以我的一瞥抓取一颗星
在墙上把它敲击
一道闪光，明亮如头发。

可是将它安放在哪儿——
在哪儿？在哪儿？
期望分崩离析
又被刺穿。
我的手指脆弱易断如芦苇。

安宁，你又在哪儿？
悲伤已对我施行终身搜捕。
夜晚洗涤了
夜莺的歌喉。

三

我独行，
挣扎着用自己的脚步驱走街上的阴影。

多么期望邂逅
美好与光亮的事物!

我看见——风
把烟掏出了烟囱。
整个地球躺卧的空间
像一个巨大餐盘,
空气在我头顶翻腾
如马鬃。
银河
像上帝脚上丢下的滑雪橇。

安宁,你又在哪儿?
悲伤已对我施行终身搜捕。
夜晚洗涤了
夜莺的歌喉。

够了,确实够了,
不如把我迫害
致死,深埋然后在
坟堆上种下一棵梣树。

让我的双手摸索
并悬在一阵热风之上。
它们同样未曾
见过美好事物。

让他们盗走我的心
悬在钟楼的横梁。
它总会敲响
那个昼夜交替之时。

如果,某地大旱降临
土地干硬而龟裂,
请让我从云上
挤出雨,为它松弛。

让他们把我放在任何地方,
预期在那里结局恐怖:
因为痛苦将在那里
像一千根钢钉支撑着我。

大自然

在某个夏天,
当我的心变得过于陌生,
我去了乡下。

整整几天
我徘徊在草地和森林,
饮用水洼里的水,
以野树莓为食,
脚跟变得粗糙如橡树皮。

有一次,
当我仰躺在草地,
望着蓝天,当风编织云片,
一位男子看见了我,
年老,
肩扛一把铁铲。

听出我的心异常

他说——

"孩子,跟我来,

我们去干活。"——

他的话语吹走了蒲公英的冠毛。

就那样

接下来的整个夏天

我劳作在森林深处,

为积水挖沟渠。

现在呢?

现在

又一次我站在城市林荫大道中央,

面带微笑:

因为没有什么再令我苦恼了。

站街的女人与我搭讪,

一个犹太人尾随,

一个小混混或一位绅士行人推搡我,

有轨电车和汽车驶过溅湿我——
没什么。

整个夏天我躺在苔藓上
抚摸它们的根系,
对蘑菇讲传说故事,
从它们的叶子读出露水。

整个夏天月亮在我眼里编制金色的网,
而永恒
如一片树叶在我额头平躺。

直到现在
我的手指仍闻起来像蜂蜜,
心中的安宁像苹果里的籽,
但脑际飘逸着
湖面闪光的雾和南方的风。

告　白

雾中窗户在落泪。为何否认？
这毫无意义：只有你我曾深爱。
在什么神奇的凝露里浸润之后
你的双唇，燃烧得那么魅红？

喧嚣的大街上我看了你一眼
从此不知何为平静何为时间。
街道拐角，一位乞丐畏缩，
渴望迅速似群马将我踩踏。

白天黑夜，我独自游荡街头
揪下道边大把树叶，祈愿
它们中的一片有你的发丝或吻
但——落空的它们被我撒入水沟。

随后我凝视每一扇窗户，也许

我能看见你的双眼在那里面闪烁。
但希望的鸟群在我脑海里飞逝
我感受到的瞬间纷纷坠入永恒。

你在哪里,我的朋友?……在熔我
于其中我脸上那片孤云的烈焰里,
抑或在你留给我的渴望断裂着的
我那些尖锐而激动的诗行中?

雾中窗户在落泪。为何否认?
这毫无意义:只有你我曾深爱。
在什么神奇的凝露里浸润之后
你的双唇,燃烧得那么魅红?

挽　歌

那一天我的心或许将安息,
街上的嘈杂在我耳朵里渐渐静默,
当我的双手,永远地交叉,
眼睑下的黑暗在眼中沉陷。

街边沟渠还会有水在流动,
脚下的柏油路依然结实黏滑,
只有我在棺木的烛光里将熄灭,
一块冰凉的冰激凌随即多余。

椴树依旧在条条街边葱绿,
汽车鸣笛,有轨电车叮当驶行,
只有这生活,神奇而宏大的
生活,我将与之永远分离。

永远,永远,不再安然微笑

我将永远不再回到她身边
当鹅卵石路等待一个新太阳
所有的街巷已刻上一层雪。

在一个缀满星光的陌生空间，
我将独自随空气游荡，
那里，所有痛楚在呼吸间消逝
那里，它们不再知道干草的气息。

道　别

远离人们懦弱的追求,
我走向花草烂漫的草地,
聆听气泡,采摘木海葵
花间如一只蜜蜂吮蜜……
我与蜻蜓飞越休耕地,
与溪水说话直到笑着落泪,
夜里,与青蛙在芦苇丛齐鸣,
期待与叶子一起羞红秋意。

致街灯

黄色街灯,僵立街角
白天黑夜如永恒的注视
来自阴森的郊外,那里的生活那么凄凉,
放光的脸庞,其悲伤都深似夜?……

遮起你的亮光,缓缓退隐,
深深退隐如死者的眼神。
哦,就让那些脸庞裹入阴影
不可见不可触,它们是那么恐惧!

与他们的痛楚和苦难相比
你只是浮于表面不必要的反光,
你久久地伫立在繁华的街上,
在虚空、快感统治的街上。

也许他们能逃避厄运,

尽管白天晚上嘲笑他们
他们需要一种陌生而奇异的
光，如爱自内心流淌的光。

阿卡迪亚的洗衣女

在劳动的青春热忱
与尘土的浓云之间
我见到了她。

辛劳如蜜蜂,
寻觅着某个蜂巢,
以吐出她柔软的嘴唇
及体内的蜜。

她的眼睛似花,
迷惑了男人的心。

在洗衣盆边六天后
她的身体发酵了
为了最炙热的夜晚
和双手。

她的身体厚实而发烫
像新出炉的黑面包
在呼喊，呼喊着如呼吸
如同处一个房间的亲近。

她的每个举止
为男人们的激情与心灵
套上甜美的圈环。

在洗衣盆边六天后
再次在此出现的是一位
女主人，同时是个小女奴。

她纤瘦的双臂
围着千万双眼睛，
在她强有力的脚下
即便灵魂也愿倒下安息。

在洗衣盆边六天后
今夜，她把其他人引向
一个渴望与折磨的洗衣盆。

在新浮桥上

新浮桥上
那里,雪
绕我旋舞,不停歇,
如旧法令,女子和教堂
遍及每个角落
他们的鼻子骄傲地耸立;
道加尔河上一艘船在喷鼻息
扑闪
烟囱上唯一的灯火
如一行人手上未灭的香烟头。
烟囱里冒出的烟发黑
如霜冻中的树。

新浮桥上
我遇见一绅士。
向我走来的他身上

我呼吸到一种臃肿和舒适

像白色桌布上的烤猪肉

而在我的灵魂深处

某种似锚的东西

我已经将它降至清澈底部,

一股漆黑的怨恨

与愤怒喷涌——

挥一拳

如灭一盏灯

抹去那位绅士肉乎乎脸上的平和,

他的微笑斜靠其上

如放光的宝石

嵌入工艺的装置。

如此生活

在格特鲁德大街
密斯肯斯卡家具厂附近,
满怀痛楚地走着
我的脚步赶上了
一位中年男子——
某小职员
或售货员,
因为时间已过七点
夕阳把窗台电镀成金色。
他的脸上
神情严肃
可以说是忧郁,
像一位出纳员数着百万现钞
像一位外科医生,准备切口。
他走得
缓慢

仿佛累了
手拎鲱鱼和一磅糖,
时间差不多已过四周
自从他的妻子去世:
他的妻子
亲爱如太阳
头发
如秋天的枫叶
明亮的黄色;
打那之后他的公寓
就未收拾
空荡
厨房的门一直敞开,
时间差不多已过四周
自从他走得
缓慢
仿佛累了
扛着,
右肩上的一个男孩
用手扶着,
如拿撒勒的基督
背着十字架
走向骷髅地。

你的胴体

我的舌是柔软的唇。
你是谁？我是谁？
你的胴体——玫瑰木雪橇，
把我运送入了遗忘。

每天如堤岸消逝
一切驶向无限。
拖着一根黑色软尾巴
夜晚甜美地甩打我的意念。

蓝色星辰坠入我脑海，
我却只感觉到水。
当回忆闪现如锈迹，
那是些瞬间，燃烧的栗子
掷入我干渴的呼吸，
我在房间里洪水般退去。

一位脸颊青肿的小男孩

当一位脸颊青肿的小男孩像一个责备浮现脑海，
　　我见到的那一切仿佛就在今天。
父亲——强壮如公牛，船运码头的搬运工，体内
　　装满煤炭，喝大酒，热衷女人和拳头。
母亲——脸色苍白的陶瓷罐，早上就忙着用来装
　　牛奶。她的乳房如平板。浅色头发如麦秸，
　　如黄铜手把，性格似黏土。
他住在地下室，那里的楼道久久弥散猫和潮湿的
　　气味；那里洋葱油炸白菜水煮，那里阳光莅
　　临像飞机罕见，在房间的空荡中央挂着洗了
　　的衣物。
当一位脸颊青肿的小男孩像一个责备浮现脑海，
　　我见到的那一切仿佛就在今天。

在道加尔河边

天空如铅铸,
只有空气在河面上沸腾战栗。
椴树绿色,冒汗的额头
以其香气取走我的心。

时间已约第十一个小时:
每盏灯里,一朵粉玫瑰凋零。
码头上,嗡嗡嗡像只大黄蜂
一艘汽船,赴海驶离。

* * *

我在道加尔河岸站立
在风和沉重的货物之间,
它们不久就会被船运走。

太阳像个男孩爬上了桅杆,
身穿普通的粉红色罩衫,
而鹅卵石上的霜埋伏如米粒。

沥青熬制后铺路

大锅两侧安两个轮子如双朵,一根钢轴长如猴子
　　尾巴,沥青在生锈的大锅里熬制。
黑如煤烟,黑如墨水,如鞋油以及阳光下的轿车
　　发亮,沥青在冒泡,在大锅内像黑人舞蹈摆
　　动腹部,滚烫,噼里啪啦如战场上的拼刺刀。
沥青熬制,尖酸刺鼻的气味像刀扎入鼻孔,像奎
　　宁刺伤喉咙。

其烟泛银灰,黑而厚像葬礼上的纱罩爬向椴树
　　枝,它们抓住树叶如手掌抵抗太阳和扬尘,
　　以绳系紧呼吸,抱住女人无羞耻无节制,啃
　　去巴黎香水如老鼠。

一个男子,高大如倾斜的炉台,棕灰,像是满身
　　泥煤,站立挨近一长勺,大如野牛头,舀出
　　冒气的沥青,倒入宽口浅桶内,黑色的沥青

还在大锅熬制。

三个男子,木鞋底踩石的声响清晰而有节奏,沥青已提到更远处,走到人行道上沥青未覆盖之处。

八人,一排,跪膝,背朝蓝天,他们用心地把沥青铺平如压碎的大麻籽,黑而厚涂上黄油面包;铺开它,在它上面撒一层薄薄的黄沙如波斯藏红花;铺开它,为了早晨把它献给女人们迷人的美腿、天才的走姿以及无赖鬼鬼祟祟的步子。

我的祖母

在泽恩斯河①上的船坞后面,住着一帮工人,
　　在六月明亮的夜晚他们弹奏曼陀铃,

在泽恩斯河上的船坞后面,沙子在街上碎乱、
　　移动,消逝如我们的希冀和生活,

马栗树和丁香树掩映的一座老宅里,
　　我的祖母居住多年,随同一位年轻女子,

带个小女孩,从早八点至晚四点她在邮局上班。

因疾病和长年劳作,我的祖母佝偻
　　已卷缩如秋天的一片树叶。

---

① 道加瓦河的一条支流。

她一头白发闪亮如盛开的大苹果花,手臂上的
　　静脉如阳光下的琥珀和树脂发光。

一个旧普莱姆斯煤油炉,我从跳蚤市场买给她的,
　　她用它煮咖啡,哀悼死亡的残酷。

旧普莱姆斯煤油炉,我的老祖母,她俩一见如故。

常常是嘶嘶嘶——这首,此生炉子唯一会的
　　歌——咖啡味混杂祖母的叹息以及薄墙后的
　　吉他声,那里住着一位小伙,为一位女子、
　　快乐无忧地生活而歌。

我的祖父

干燥的道加瓦河旁,成排的
木板金黄而芳香,像蜂蜜发光。
在苔藓似的木屑刨花下面
即便夏末了,依然还有冰;
高高的河堤没再坍塌,青草稀疏
像老人下巴上的胡须,
那里,整天搬运着沙子
院子里的废弃金属和破布。

我的祖父就生活在那儿。

起床时,天刚破晓,
他推开面朝河流的窗户,
贪婪地吸入充满薄雾的空气,
嘴里叼根烟斗像含着的奶嘴。

他目送着驳船顺流而下，
如可爱的宠物，把它们轻抚。
默默微笑，当掠过窗户
白如砂糖的几只海鸥闪烁。

但他也会不住地嘟囔，当
码头的拖船引木筏穿桥有误，
并且常常陷入一阵担忧，双手
紧抓他腹部上的那条旧英国皮带。

接着他走入昏暗的储藏室
去看看捕鼠器是否替猫抓了老鼠，
过后，他用陶杯喝咖啡，杯上
画着一男孩一奶牛带头牛犊。

当太阳垂直窥视烟囱时
响亮的哨声宣布锯木厂休息了，
祖父也会去休息一直到中午，
那里等着他的是新鲜猪肉粥。

窗中悲歌

今夜
月亮
　　像被腌制。

有户人家
住四楼
留声机在播放。

从街上
暮色涌入
与寒意——

我感觉
像卑尔根①港的一位船员，
用双筒望远镜

---

① 挪威韦斯特兰郡的市镇，人口仅次于首都奥斯陆。

看见了冰。

可是……可是我梦见,
我是在巴黎,
在那里可以在街上接吻。

你是位女裁缝。
我——一个平庸的诗人;
我俩坐在烟雾缭绕的房间里
喝最便宜的
法国葡萄酒。

你笑
　　　我的幻梦生活。

是时候了,
周日最后一位居民
从海边回到家中。
灯泡
闪烁在广场的
椴树之上。

可是我们
连椴树也没有，
仅有一棵香桃木
与针的记忆
在桌上的花瓶中。
而我忧伤
像一个郊外的女子，
丢了——她最爱的猫……

写给离世卖报老妇的信
邮寄地址：泽尔帕尼克库墓园

我的信不会特别长，
写它，我会用大写字母。
我不知道，
在高处的你戴老花眼镜了吗?
人们那么怪异，
在葬礼上哭泣
却不见
死者何求。

对不起，
我不知道你坟墓的位置。
你死的时候我外出了。
当我回伊利朱茨马
去你家时，
没人知道你的更多消息了。

你的孙女
已去地里干活。
她有个孩子
你知道的——
那个流氓黑扬卡斯生的（外祖母读着报叹息）。

他好像不在乎，
叼烟，
嗑瓜子
晚上弹他的曼陀铃。
孩子很虚弱
你把孩子带走也许更好。

我没有忘记你。
总是，
当我经过那个街角，
你蹲在那里像低矮浓密的灌木，
当你的脸映入我脑际
满是细密的皱纹，
你的说话声是唱是颤抖
你不住说着的谢谢谢谢，
是蚂蚁爬着似的祈神语。

我，我已知道你想问我什么了。

在你死后,
你家,你在伊利朱茨马的住家,
一切还是老样子。
只是房屋外墙
房东刷了一遍新漆,
老伊奥斯特
已搬去与康尼尔涅克一家住。

那个街角,
你以前坐的位置,
现在开了一家棕色小报摊,
像个孩子。
里面坐着一位女子
年轻,头发亮丽。
她知道如何微笑
当她递出一份报纸,
修长、湿润的手指展示
她充满阳光的柔嫩皮肤。

报摊经营良好,
但是年轻顾客们
来此购物
滞留时间太长。

而且，离开时
他们脸上发出奇异的微光。

我的诗人朋友们
当他们得知你的死讯
在酒吧里喝醉
摔盘子
胡言乱语
喊你是他们的报纸妈妈。
但是，请你别生气
他们其他还能做什么呢?
去教堂?
在你工作的地方摆放花圈
去悲伤?
他们是软弱的。

你的药方——煤油——治疗风湿
对我不起作用，
我的右膝盖还是嘎吱嘎吱
仿佛有人坐在里面
剪指甲。
我们还是以后再谈此事吧
当我也到了你那里，高处。

那个时刻似乎临近了。
另一次世界大战威逼将爆发。
我将奔赴前线。
或许随后就赴你而来。
但那没关系
我已经厌倦仇恨
厌倦轻吻女子,
厌倦自己的懦弱无用,
够了。
我不会反对
走向你站的高处。

在那里,我俩玩傻瓜牌
吃你爱吃的水果糖
然后,无聊时
我给你唱德兰士瓦之歌[①]
并弹奏吉他。

---

① 一首与布尔战争或德兰士瓦布尔人的斗争有关的民歌或爱国歌曲。德兰士瓦共和国,正式国名是南非共和国,是1852年至1877年和1881年至1902年间布尔人在现在南非北部德兰士瓦建立的国家。1852年建国,首都为比勒陀利亚。1902年第二次布尔战争后,成为英国殖民地。

晚上
我为你取来水
浇灌你那些老桃金娘和草夹竹桃。
给我回信,
在那里你是不是打碎了花盆;
下次我给你
再买一个,崭新的
现在我打住。

如果你还是
不能读我的信,
请唤来泽米克的雅尼斯
他会帮你的,
一位消瘦、讨人喜欢的年轻人
戴一副黑框眼镜
他总应答你对他的称呼——诗人。

暮光里

街上,雪在静默消融,
仓房某处,船桨在忧伤。
你坐着,说话声那么低
仿佛在避开自己与他人。

是否我应该把黑色窗帘
换成其他颜色,亮色或粉色?
你就是那种,犯了某个错
心就会把自己勒死的人。

玻璃中,轻盈的光潜入,
墙纸后面石灰的气味吹送。
我该如何把自己的脸挤压成
一截刚刚锯断的圆松木。

再次在冬天的这个时候

我感觉内心潮湿而流淌
随后弯腰对你说：亲，
我喜欢你穿的衣服的款式。——

而你，一说起永远
随即害怕面对自己的死神。
早跟你说了：——别穿棕色
漫步，那对你的神经有害。

为什么耽于死亡话题：
它永远不会在该来之前到来。
你还是学一学浇花
并擦去脸颊上的泪珠。

渴　望

我是否应该朝门射一箭?
今天
从早到晚我没整理自己的床,
想看看我灵魂的模样
在梦中?
剪剪花瓶里的紫丁香吧。

告诉我,
告诉我,
你是否曾偷偷把痰
吐在了街道边的台阶,
那里,蜷缩着一位乞丐
在快中午的时候?
它闻起来像烤杏仁。

今天,我唇上

粘着黑色细粉尘:
看上去,码头上有卸煤的船只。

城里所有的男孩
都在吉普萨拉附近的宗德达钓小鲂鱼
钓来的鱼晒烤
在炙热的砖石上。

哦,裸露的双脚
车夫们,载我们走吧
让我们的脚被叮咬,
它们是美味!
来吧,来吧,飞虫们
叮吧,吸它们的血:
我们白嫩的双脚如新芽。

城里的所有男孩
在吉普萨拉附近的宗德达钓小鲂鱼。
桥上木板热乎乎的
温暖如加热后的水。

走吧

车夫们,载我们去那里
让我们的赤脚被叮咬

我们将久久漫步
不作停留。
蚂蚁将为我们引路。
飞舞在空中的绒毛上的
亮光如银滴落。

阳光下,屋顶的
沥青熔化滴落,慢慢倾斜。
倒向日葵
保留那里如籽。

花园里,阳光挥舞
收割者的长柄镰刀,
数一数根茬
一眼白泉就会冒出地面。

让我们久久漫步
久久久久。
青草将柔软如呼吸,

闪光的风在空气里
如鸟群栖巢。

当疲倦征服我们
我们将躺卧金色沙子。
随着太阳轻声嘀咕而过
夜晚将留给我们暖意。

摩登女子

我遇见她
在里加老城一条窄巷,
昏暗,
只有猫在那里出没
嗅闻垃圾。

另一条街上
一辆轿车
驶近一个街角
嘟嘟嘟
像一把口琴凑上了嘴。

我带她去"公园"
看西部牛仔电影。

她

穿着优雅外套

双脚娇美。

她挨我身边就坐

身上微微散发

木樨草的香气,

我思忖

她是干什么的呢:

美发师,

某饭店女招待?……

探照灯在刷刷刷。

昏暗闻起来像松脂。

她告诉你,

她有多爱吃坚果,

偶尔抽烟,喝点香槟,

在玻璃杯后她只看见了葡萄。

她不确定,

为何生活。

剧中

四次之后

她对我坦白
我或许是她的第四位情人。

凌晨一点
我俩
坐在她房间
吃着葡萄酒
开始接吻。

两点
我赞美主
仅因他
创造了夏娃。

回忆的甜蜜

浮云被塔刺穿,脸泛红。
清凉坐在花园长椅,
几条驳船沿河向下漂流。
灵魂呀,你能承诺我什么?

幸运、嘴唇与痛苦?
某种温柔轻抚玻璃窗。
为什么,为什么于我,
生活就那么不易?

唱吧,周围的寂静多么野蛮!
太阳被昏黄的晚霞吸引悬着。

地平线上充满罪与恶
血淋淋地在膝盖下崩溃。

凹陷的大海像个敞开的墓穴。
风吹入我手上一片苦涩的栗树叶。

然后你说：我给与了你
这设置好的炙烤如幸福和惩罚。——

那叶子呢？我把它放何处？
该用它挡火车，还是吻它预防中风？

我把它塞入浮云的怀中；
并用它如外盖遮住我的箱子。

当强烈而真挚的风风干它
我就揉皱包裹我的心于其中。

现在日日夜夜我完整的四周
都散发我呼吸里的干草香气

这是回忆的甜蜜给予我的折磨
天空走下来，摆放好了我的桌子。

灯泡坏了

哦,我昏暗窗前的灯泡坏了,
我爱你就像一个人只能爱自己。
小报亭后面,一棵棕色枫树之上
你给我的夜以亮光直到天明。
现在你坏了,侧身一个大窟窿。
变得比我的其他任何一处更暗。
在雨夜,身穿早晨薄衬衫的我
不再走向窗边看仙人掌花开了。

夜吞噬你,号叫,那恐惧的漆黑
像巨大的翅膀拍打你的玻璃残余。
你易碎的蓝色,死亡的感受
还在发出声响,悄悄地开裂。
粉碎——坠地,路面的沙在那里
等候,不一会儿就被打扫清理。
而后闪闪的你被时间拥抱,如玫瑰花瓣

沸腾在嘈杂，铺沥青的街道容器。

悬挂的死尸花园，苍蝇绕你嗡嗡嗡
却无法再逃逸。那里布满颤抖的
星辰，备受饥饿渐渐虚弱僵硬，
仰躺在碎玻璃上的气息腐烂而短暂。
你，恐怖的头颅上没有面孔，
摇摆的灯杆下没有呼吸没有叹息。
当你熄灭的脸颊沿窗自由落体
我的心收紧，我的梦受惊。

我不想让你，从你的杆上消逝
你，我死亡的精灵。我总是驱赶你
直到你的尸体被黑暗拖入洪水。
如果不行，我就亲手摔碎你——终结。

两场雨之间

两场雨之间的傍晚安静。
树叶上是露水的金子。
空气桥①的拱形雨之上
一朵红云如水果爆裂
已经朝远方的落日凝视,
潮湿满溢,像刚捞出水井。

你柔声说:我们走吧?
听见说话的是脚下的沙子
我俩同时欢快地笑了。
你的笑容里有眼温暖的泉。
它,仿佛,注入心田
在我们之间架起一座桥。

---

① 里加市区最早的高架桥之一,现名 VEF 大桥。

几座小屋朝我们走来,
热忱的风和花园里的陶醉
像一群粉色鸟,飞舞不止。
空气已充满奇异幻想
当我们的双脚无忧无虑
蓝色阴影把它们遮蔽。

我们走着,仿佛走完了尺度,
成为时间,我们自己,一切。
大地已裹入清澈的露水,
而无边无际的天空
畅饮我们的灵魂永不满足
如幼树,干渴已久。

当神在亚麻布上撒满
星星,它们的时间来临。
我说什么,我已忘记
我已成为炙热渴望的蒸气
裹自身于你的身体
如在一阵香气里,温柔无尽。

当傍晚随热忱离去

——绿色、粉红的暮光——
道别时你面带微笑说:
——我已置于掌中梦里。——
随后你匆匆离去,急速
像一阵风掀起了面纱。

庙　街

庙街，小小的庙街
地处嘈杂，有轨电车和烟雾中，
你，藏在建筑后面，睡着了。
既没鹅卵石，也无人行道。
你短而窄如人类的幸福，
覆盖柔软发黄的沙子。
脚印陷入你，长时间抹不去
你凝望星星如何闪烁蓝光，
你凝望太阳如何轻吻树叶。
一条搭起你两侧的悲伤条板路
运送路人，直到街的尽头。
你两旁的棕色木栅栏
入夜后清点他们的伤疤。
庙街，小小的庙街，
你何时将生长，何时会变大？

自画像

子夜如氯仿
蒙住了人们的眼睛。

几只怀表
昏暗中摆上了桌子,
计数睡眠中的呼吸。

我
独自在林荫大道漫游,
漫游漫游,
仿佛以脚步
我想数出星星的数目。

忧郁的路人,
你是否见到了那家伙,
在一条小径屈身

坐下
挨着踩糊了的香蕉皮
与一张废纸——
坐下,
一只手支着地面?

你是否遇见那家伙,
在林荫道
友好地拒绝电影传单
宁愿接住一枚
飘落的枯黄树叶?

你是否留意到那家伙,
脸颊贴着
五层楼高的灰墙,
在意念里打碎旁边的路灯,
梦游人一样注视
死亡星星
闪光的尸体?

忧郁的路人,
那人

就是——我

一次
从楼道和老鼠出没的电梯里
我
学会了向上求索,
但
电梯和楼道
止于七楼
我
向上——无路!

建筑工人们呀,
木匠师傅们呀,
为何你们不建造出
一百一十层的大楼,
尖塔,
在那里如鸟群
浮云就坐,
子夜,月亮
如行者
在那里用餐?

屋顶的
平台之上,
我能听到
逝去灵魂的呼吸
以及浮云的香气,
我,
仿佛挤入烟囱,
为爱言说。

我会看得更远
浮云
似香粉轻轻拍在
一位微笑女士的鼻翼。

我会更懂得,
月亮也一样
在其神秘的亮光下
甜美而温情
轻吻小巷里
颤抖着的女子,
仅那淡黄就是

手无法触及的藏红花。

我的感受也会更深,
正如远方的
浮云
与月亮,
也许三十年后
自己也只是一次减弱的呼吸,
一把松开了的尘土
无法好好地
遮住
哪怕小径边一簇灌木……

子夜如氯仿
蒙住了人们的眼睛。

几只怀表,
昏暗中摆上桌子,
计数睡眠中的呼吸。

而我
独自在林荫大道漫游,

漫游漫游,

仿佛以脚步

我想数出星星的数目。

拉脱维亚女子给步枪兵的歌

不,我们还是
去郊外你的房间更好,
那里的走廊上鸡出没。

在那里——直到天明
我俩肩并肩
坐在你那件用来
铺地板的旧外套上,
它沾红色血迹,凝固如漆。

我将围着黄丝绸头巾。
一只发亮的蟑螂沿地板窜入床底。
安静地,
垂死的一只小苍蝇坠入墙角蜘蛛网;
墙后花园里,水果将如面团揉捏成熟。

夜色，
蓝如湖水
将弥漫窗户，
窗户的
缝隙里，天冷时，你填入蜡。

为了调暗光线，
我们会在灯泡上
轻轻地
罩上你那顶步枪兵蓝色旧头盔。

你将低声告诉我，
孩提时代的你曾经
放纸船于棕色水沟
湍急水流上的畅快情景；
说起你曾如何用几粒砂糖
徒手诱捕墙上的大绿头蝇，
以及现在——
现在我们在市郊
在这楼房的顶层
敞开的窗外
安静的鸽子栖息还有蒲公英冠毛

整日从近旁的草坪飘至。

随后
我们敏捷地从天窗爬上屋顶。

月光
将粘上防水沥青,
白天日照后它变得软而有粘性。

而月亮呢?
端坐在最近一个烟囱的边缘,
注视灶台炭火上冷却着的灰烬。

屏住呼吸
我们将静静地听见,
在近郊四周的森林里,星星
如何以其光线从地上拔出蘑菇;
疏松的沙如何向前移动;
金色的蚯蚓如何爬入生长的根须
奔流的溪水如何
劝说两岸一起流向大海。

在昏暗的脚边

躺着泽恩斯河

如扔出的绿色棉制丝带；

远处是

废弃的厂房，

那里战前是

年轻工人们的谋生之地，

如今他们被枪杀在

靠近尤加尔、采西斯

在遥远的喀山，乌拉尔山

与克里米亚某处；

他们的儿子们

有伏尔加河边温柔的

俄国母亲，在棕色的村子，

赶着鹅群去河里，

学弹吉他——

不知道他们的父亲是谁，

一句拉脱维亚语也不会。

冰激凌

冰激凌,冰激凌!

多少次我
有轨电车逃票
只为买你!

冰激凌,
你的蛋筒
为钱,花开
在城市的每个角落,
你那蛋筒
神奇,金黄
如林荫大道店里的玫瑰茶,
你的蛋筒
红如血
如女人的嘴唇和夜间车牌。

冰激凌，
为你
我已卖了最好的硬币，
与最稀有的邮票
上面的彩色老虎如商店橱窗，
长颈鹿高而瘦如广播塔。

冰激凌，
我已感受到
你那乙醚般冷酷的诱惑
其强烈
超过女子的嘴唇与恐惧，
你
我灵魂的岁月日历，
爱着你，
我才学会热爱
所有生命与期盼。

贝尔蒙特[①]军官

昨天

在酒吧

突然

我遇见

一位贝尔蒙特军官

刺激,

尖锐,

如挨了一巴掌,

我

跳了起来。

[①] 指贝尔蒙特军团,1919年成立,由俄罗斯和德国势力组成的一支武装部队,也称西方俄罗斯志愿军,指挥官是P.贝尔蒙-阿瓦洛夫将军;该部队被分配在俄罗斯前线驻扎,但领导层违反了这一命令,并于1919年10月开始攻击拉脱维亚军队,后被击败,拉脱维亚独立。

在我握紧的

拳头里

捏碎的玻璃

如花。

咧嘴笑

他站了起来,

咧嘴笑

他喝完了杯中酒

然后——

在门口消失。

无语

那天晚上

我跟他没说话,

无语。

如子弹

我保存的话语

为了更糟糕的下一次。

以此他想表达什么

某个闷烤的大热天。

一个瘸腿、衣衫破旧的人,径直
　　倒在一个富人豪宅门口的台阶。

他是不是因疲累而倒下?不,那是仓促且确定的
　　死亡:脸色苍白如幕布,呼吸已滞留在了
　　肺里。

他重重地仰天摔倒脊背着地。肚脐附近,裤子上
　　端,扭曲虚弱绿棕色的肌肤裸露。大嘴朝天
　　如深井,像熄灭的火山口已吐出所有的诅咒
　　和对幸福的渴求。

交叉在他胸口的双臂如磨损松垮了的绳,苍蝇们
　　似推销员围着他发臭的脏手。难道它们还在

搜找，他死前可能拥有的硬币？

围观的人群摇头，不知所措。有人说应该叫辆——救护车。唷，一位女士反对——必须送医院停尸房尸检。他一定有可怕的传染性。

胡说——有人恼火地嘟囔——贫困和传染病属于我们所有人。随即走向前，俯身，查看死者萎缩的脸。

——我认识这位男子——那人说。——他曾参加对抗贝尔蒙特军团的战役。如今待在我们夜间收容所已经很长时间了。我是收容所的门卫。

接着，双手分开人群像灌木丛，去找人帮忙，送死者去医院停尸房。一帮男孩跟着那人，眼神里对他充满敬意，羡慕他的帽子怎么在头部端坐；他迈开的脚步多么大呀。

而尸体呢？——还在那躺着呢。只有已萎缩的，膝盖以下已截去的残腿，套两个皮制盖帽，高举朝着人群和富人家窗户如两支威胁的炮筒。以此他想表达什么？

火 车

哦，火车，

多少次

年少时的

我

错过了把你等待

在马提萨墓地①旁

半废弃的黄色土丘，

你来自圣彼得堡，

来自莫斯科、塔林，

嗤嗤声如普里默斯煤油炉

像水龙头，拧到了头，

你满身尘土，

---

① 位于里加市中心南侧，建于1871年，作为病人和穷人的墓地，但后来许多革命和战争中的死难者被埋葬于此——包括1905年至1907年革命、第一次世界大战、拉脱维亚独立战争、第二次世界大战的死难者，以及"红色"和"白色"恐怖的受害者。

像我的衣服,足球赛之后。

哦,火车,
在那时的我眼里,
你
并非沿铁轨
那两条,无尽的
银色线路
疾驰抵达里加——
而是穿越我的灵魂,
穿越我的灵魂
与肉身,
它颤抖得比
此刻还厉害,
当我抚摸一位女子
在一把椅子上
在垂下的窗帘背后。

火车——
每当你进站,
一位铁路信号员
嘴对黄铜喇叭唱,

身前手持

一面小旗

绿得像一枚栗树叶。

嘈杂的铁道口

这些奇怪的站街女,

免费

招待所有——

马车、汽车和行人——

从她们身上压过,

听见黄铜喇叭的叫喊声,

迅速脱离

不干净的脚与轮胎的

短暂拥抱,

突然的醒来

也仅因对你的爱,

并

等候你

孤独而赤裸

栏杆状的双臂无用地

垂在身体两侧——

为你——

你，
来自圣彼得堡
莫斯科
塔林的火车——
—— ——

火车！

一粒尘埃

我变成了一粒尘埃,轻盈异常。
端坐在一只山羊别致的角上。
座位舒适。这令我久久发笑:
一股甜美、安闲的山羊气息。

我看见了一切,全无遮蔽,
悲伤的灵魂与大地的微温。
一只云雀栖在背风面的树枝
朝我喊:安静,尘世小家伙!

我笑着反驳:——云雀,
闭上你那旧书皮般贪婪的喙。
我是一粒尘埃,一切的结束与开始,
如闪光的种子,我是所有事物的胚芽。

云雀无语,悄然飞离枝头。

如果我是尘埃,一切于我皆可能。

我能变形并抓住一切似一只手。

一个红苹果如坟上钟声在枝头响了。

城里的雪

沿人群、房屋和港口
雪遮起冰凉而苍白的面纱。
沥青和沙石终止。
有轨电车的声响裹上雪衣,
一个汽车标识,一个马车轮子,
还有我在雪中消失。

沿房屋、街道和港口
雪遮起冰凉而苍白的面纱。
男孩们雀跃,女孩们温柔
一起滚雪,垒起并搬运
只因,昏暗大门口灯光迷蒙
那位守门人微笑——扫雪人——站立。

灵　魂

哦，如今生活不问
你的思想和灵魂是否富足。
你不能走平常路，你就会
被众人视为流浪汉嘲讽。

疯狂深处是对一位朋友的渴求。
当更大的锈迹遍布你的灵魂
请与你的朋友们，弱小如狗狗
枯萎并疯长在被遗忘的山谷。

提 议

林荫大道上
女士们消瘦优雅
如一些拐杖
驱走我身边飘逸着
她们身上国外香水味的空气
我还是看见你了。
你。

魅惑于
你奢华的衣着
如天真男孩之于裸体,
我陶醉于
你忽隐忽现的丝袜
你漆皮鞋闪闪的镜子
一切

仿佛尽收圣彼得教堂①塔眼底。

但是,当
你涂抹得火红的嘴唇
开始蠕动爬行
如干草上的甲虫群
你那些大而空的话语,
在猛然的刹那
我彻底被点燃如硫磺
一个简单的词
此时
我的叫喊声嘶力竭
如痛苦折磨的死亡;
"哦,你头脑里的
火焰,请赶紧为它们涂色
如你的双唇,早已苍白一生!"

---

① 拉脱维亚首都里加的一座高耸的教堂,始建于1209年,15世纪初由罗斯托克石匠扩建。二战以前,它是欧洲最高的木制建筑。战争期间,屋顶和钟楼毁于大火。20世纪70年代,苏联工程师重建教堂,并安装了一部电梯,使人们可以在70米高处眺望里加风光。

迟来的访客
——《永恒所及者》节选

迟来的访客指第一位战死倒下的步枪兵,来自比切尔尼克的雅各布·沃尔德玛斯·蒂玛。蒂玛自愿应征加入道加夫格里瓦拉脱维亚第一步枪兵营第二连。1915年10月15日,他在克拉斯洛夫斯基家园附近的战役中牺牲。

九月。夜清凉。比切尔尼克。
天的蓝色被金色碎石填满。
里加的红光——巨大玫瑰花瓣——
在昏暗的远方呼吸。子夜。
比切尔尼克大街空荡。
仅在其街首的一个角落,
椴树的繁枝在那里攀爬蓝色。
飘在人行道上方,靠近潮湿的
围栏,越过向日葵和翻开的犁沟,

某种事物轻盈，脉动如水蒸气
匍匐在窗格，触摸着门槛；
它像站立的形体，久久地探究
湿润的石子路在他脚下闪光。
在碎石看来：某个僵硬的想法
像一扇门，他正尝试去打开。

突然，他快速冲向前方
甩下比切尔尼克街两旁的房屋。
街道如手指沿地面指向无限。
他走到哪里，哪里就留下一道痕迹
线端开花，随后又慢慢消失。

它是一幽灵还是一巨兽的
喘息自远处，吹入这条街？
抑或它是上帝他额头的水蒸气？
谁知道？但一道聚光
急速滑过，而宁静的月光
照射其奇异的移动的行迹
越过事物，知觉和空间。
沙子、房屋及整条街都在惊叹。
沉默随之而来，裹住他的身影，

穿透他仿佛他是透明的海浪。

在比切尔尼克街尾,
他独自站立,子夜落在他肩膀,
某种陌生的柔情涌向他。
温暖地紧紧抱住他
令他颤抖,冰凉而后再次颤动。

他开始有意识,感觉到一切,
所有的气味,远处的雾浪。
什么是过去,时间和腐朽?
一阵微风,唇边一个微笑——仅此而已。

他觉得:什么也没从他身上消失,
土地,土地,他生于斯的土地,
围栏,树,房屋,门槛,石子,
人们和鸟群,美丽的远方,
这个他出生、成长和欢笑之地的一切,
这个庇护他初次呼吸的地方,——
所有这一切再次向他聚拢;
一股热流,强烈的冲动
在他心里升腾,将他举向高处

轻盈,星辰,天空和喜悦之境。

一种陌生的力量现在流入他,
将他撒入土地里的所有粒子。
他再次感觉到自己在每一碎石里的存在,
在每块石头,每根松针的香气,
在每阵拂过嘴唇的微风中。

所有事物深邃的内部接纳了他。
湖泊向他托起它们的怀抱,
树木用根系缠绕他的心,
挤给它树汁令它产生古老的干渴,
血液,韧性和热忱的渴求。

他意识到:身上的幽灵已离去,
他再次成为人,一如从前。
他觉得自己如土里的麦粒膨胀。
渐渐有了体感再次恢复肉身,
套上那件灰色的旧军服,
满腔热血,热切渴望。

他感觉自己的呼吸重新

卷入远方与苍白严厉的子夜,
坚毅而平和的家乡的静默,
人行道的气息,粪便刺鼻的臭气,
道边小石子以及市郊的住宅。

万物源源不断地向他流入,
而他反过来把自身归还
通过棕色,蒸汽状刺痛的呼吸。

哦,就这样变形!时间不能吞噬!
剑不能砍断。死亡无法藏匿。

每走一步,他就更加
人化,有血有肉有欲求。
在那里,先前的他飘动
在物体之间像一支巨大蜡烛
火苗下的影子,透明如水蒸气与
呼吸,现在他迈开强劲大步,
挺拔而消瘦,衣着单薄,
双手快速甩动,呼吸急促。

在空间的掌中,他微弱地反光,

仿佛一白银铸造物,摆放
在大地上所有其他事物之前。

他年轻的脸上是死亡的灰白。
暗色已经爬上他的太阳穴和额头。
双眼却噙着陌生而炙热的亮光,
那里一如镜中,闪现和流逝的
场景和影像,一个接一个,匆匆。

他看见——曾经的那片田野,
在那里,少年时的他奔跑玩打仗,
如今是住宅,朦胧亮光透出窗户。

只要他往右,以全身心去辨识,
沿比切尔尼克街铺道,再往前走,
即蒂玛家,他祖父造的房屋;
坐落在草坪和稀疏的几棵树之间,
依然一如从前,在路边,
是被太阳晒得黝黑的身体,
窄小细长,泪痕斑斑的窗户,
檐下是杂草和欧当归。他觉得,
自己长路漫漫而来并非徒劳,

从坟墓,从地下冥界,跨越
铁道,走过切尔克阿坎斯区,
穿过街道,树林和光的闪烁。

他觉得——他能再死一次
以相同的热情,如上次倒下那样。

这些一成不变的院落,
安宁的空地,土豆的地畦,
石子路面的湿气,树枝间的烟雾
何以抓住他,并举高他,
在生和死的感受均不存在的高处!

陈旧的泥巴从他脚下褪去,
他的衣服焕然一新,满身光亮,
大衣伏在肩膀轻柔如柳絮。

他已走出斯提尔纳斯新街
路过一些屋内还在冒热气的住家,
一排新栽的树,冷酷的栅栏。

他终于走近蒂玛家的大门,

那扇门,他已经很久没触碰了;
温暖的颤抖穿透他的双手。
手掌上的伤疤星星般燃烧。
老的伤痛起皮,脱落在
草丛。开门时,大门轻声嘎吱。
土地在他脚下冒烟。水井——
激动的嘴巴,贴上了他的额头,
仓房——捧走他微笑的手掌。

他缓缓向前,探向第一个窗格。
窗外的上方还是那棵老梣树,
枝叶拂去他的脖颈上
几片微弱、蓝色的月光。

屋内,他听见有婴儿在轻声啼哭。
门咯吱开了,进来一位年轻女子,
他从未见过,想必是他兄弟的妻子。

像一扇白色翅膀,她俯向婴儿,
一种奇怪的潮湿渗入他眼睛。一定是
风把露水飘洒到他的脸庞,一只
甜蜜的、天鹅绒质地的蜜蜂。

再过会儿，他探向另一窗格，
久久地朝褐色玻璃窗内凝视，
双眼捕捉里面的每样物件；
吸入心底其中的每一缕
沿窗户向外缓缓散出的气息。

就这样，他在屋外转圈
走动，一边用没受伤的手抚摸
每一片草叶，每一处檐下的微尘。

他的手指把油漆更深地压入木头，
他的手掌轻吻了房屋的墙壁，
深深地，他吸入它岁月的气息。
它的整个框架埋入他的眼睛
脚步向后退一步，他再次
用呼吸收入它彻头彻尾的全部。

转身，他走入门外院落。
一遍遍来回踩着它的额头，
渴望用自己坚定的脚步填满
它整个霜花覆盖的地面；

他想用自己的目光收纳
每一木刨片,每个水洼和麦秆
它们落在月光下的地上微微发亮。

接着他走入畜棚呆了很久
那里温暖,清香,昏暗浓重。
他给瞌睡的家禽讲述什么,
对奶牛说话,与马耳语。
随后长时间地消失于棚屋入口
那里,堆满干草和旧马鞍马具,
木桶、轮子、牛轭等重物。
一切的一切,他都想再看一眼,
用生命细胞去感受,去抱一抱
而后把它们像个吻,携入地下。

每件物品,在他的触摸之下
向他这位贵客反馈微笑,
绽放出它们盛极一时的美,
仿佛被粉红的亮光浇灌,
天空和温暖为它们敞开。

当最后他站在院子正中央,

亲眼看了这一切之后,
一种奇异的微笑如星星落在他唇上。
呼吸轻松地步入他的胸膛。
双手因触摸各种事物变粉色。
衣服飘散新鲜而可人的香气。

站立的他高大结实如大地自身、
双脚,两把插入泥土的斧头。
他的头向后倚着整个里加,
支撑他颈背的是比切尔尼克森林。
手掌浸泡在莱纳湖深处,
从那儿他汲取力量如少年时一样。
他的衣服向秋天的各种风敞开,
渴望拥抱它们乃至整个空间。

他就那样站着,目光深邃
深入他以自己的死创造的一切:
炙热,冒蒸汽的拉脱维亚土地。
但,为了在离开之前再次
在深深的吸气里感受这一切,
他从森林里抬起头,
敞开胸,展双臂,

吸入——直到他的心底。

随后,从土地的四面八方涌来:
泽姆加莱,远方奔腾的文塔河,
蓝色劳纳松林,高齐山和拉兹纳湖,
从所有的边境和海岸
涌向他:空气与人们的呼吸,
牲口的气味,所有事物的香气,
水汽与土地浓郁的气味,
涌向他,汇聚成一记吸气。

但是,当他深深吸入这口气
把它储藏在他的心里像花,
他察觉到其中的某种异质与严酷——
一种奇怪的苦味在咬啮
冲堵了他的血液和心智。
一种感受涌至他指尖:
那种尖酸的苦味是这土地的敌人。
一样的敌人,曾把他杀害,
致使他躺在墓穴那么多年。

铅再次在刺痛,钻透他的心,

再次他手掌心的疤发亮。
他很清楚自己该做什么了。

随后他听见一阵低沉的吼叫，
只见看门的老狗来到他脚边，
他轻抚狗柔软的头
双手托起它如贵重的器皿，
环顾，然后拽着它的脊毛
拉它入畜棚，在那里的狗窝边
冰凉的干草上躺着发亮的狗链。
他把它交给了那沉重的家伙：
——从现在起我来看守这儿——他说。

随后他果断地走向大门。
叫醒他的兄弟、姐妹和孩子们，
点一支蜡烛放在桌子中央。
摘下帽子，捋平头发，
其银光在屋内如白色火焰。

站他身边的家人们，脸色苍白，
话语，涌上来——在舌上碎了。
像尖状物坠回他们的呼吸里去。

没有欢迎没有握手没有椅子。
也没有孩子被鼓励吻客人的手。

蜡烛的火苗使得屋子摆动,
所有的物体投下恐怖的阴影
越过地板,各个角落和门槛。

最后他低沉而平静地说道:

——别害怕,我是你们的兄弟,
我来这儿就待一会儿,
来看看,你们在蒂玛家的生活如何。
触摸触摸所有老旧物件,
它们我就是在坟墓里也无法忘记。
保重,我的热忱没有白费,
我还能感觉到我的血在所有地方。

请牢记我的死,直到永远;
我还能觉察到空气里有毒的恶臭。
当危险进入我们的院子,
你们把我记起,我总会来临
我,蒂玛家大门上的燃烧的光,

一位只为守卫你们与故土的卫士，
谁也不能将你们完全压垮。——

话毕他消失了。剩下桌上的
蜡焰更剧烈地跳动：两扇大门
敞开，朝着房屋前厅和院子。
风拍打宽大的翅膀涌入
驱走屋内轻泛的陈腐之气。

街道上方与先前一样飘逸着
一道奇异的光亮，正摸索着回家路。

译后记

翻看 2016 年的日记，旅居拉脱维亚开始学拉脱维亚语，日记本上出现手写的拉脱维亚字母之后没多少页：亚历山大·查克斯，这位当地诗人的名字就被记下来了。算起来，发现查克斯与旅居拉脱维亚差不多发生在同期。有时觉得，说自己发现查克斯不妥；倒好像自己一到拉脱维亚，在里加一住下，查克斯就得知了似的。在你心理上，起码在你个人诗歌心理版图上，里加是他的地盘。

实际情况是，你和家人在几乎无人认识的里加安顿后不久，觉得有必要认识一下孩子学校的同学、老师和家长之外的当地人了。你想认识的当地人，当然不是查克斯，他在二十世纪中叶就去世了。那时你也不知道有他这么个诗人。你只是从网上找到了拉脱维亚作协的地址。恰好，那就在你周末陪孩子去学外语的培训班附近。一天下午，你就"横冲直撞"（按当地习俗，预约是必须的）去了作协。作协主席阿诺·琼泽（Arno Jundze）接待了你，虽然对你的"闯入"颇感意外。他从书柜里取出一个陶瓷花瓶展示给你看："苏联时期，中国作协给拉脱维亚作协的赠品。"下个周末，有位当地诗人新书发布会，他邀你参加。又是恰好。后来你才得知，查克斯故居博物馆，即他去世前的住家，就在当时作协的同一栋楼里，猎熊者路48号。它们就是上下楼。你在楼下按两排门铃中的一个，没按错；要不然，就真是去向查克斯通报自己到里加了。

周末的新书发布会上，你认识了罗纳尔兹·布里耶迪斯（Ronalds Briedis），一位痴迷东方文化、去过两次日本的诗友。他在作协任秘书，赠你他的诗集时，还不忘记特意盖上红色的篆刻私章。是他第一次跟你说起了查克斯，作为特别推荐。为什么是查克斯，不是其他拉脱维亚诗人？至今你不知其所以。他的英语说得结结巴巴，是那种老是点头摇头像是听懂了但表达受阻的情况，而你不懂俄语，刚知道几个拉脱维亚语字母，交流困难。然而他跟你说起查克斯的情形，过了这么些年，还历历在目。当时他说的话，你几乎全忘了，除了他说话时的激动；现在回想，有时都会觉得当时不是他在跟你说，而像是他在替人转达，他在等你的到来已然很久似的。他第一天见你就跟你说：查克斯在诗里写到的那一切，还在，就是现在的里加，就在你身边，如有轨电车、长腿美女、市郊、林荫大道、售货员……他们没有消失，虽然以后会不会消失尚未可知。人证物证俱在，你可以亲自证实。

诗友赠给你的查克斯诗集也极其特别，一本英译诗选。小，小到你一收下它就终身难忘，都不到十厘米见方。见接过小册子的你一脸诧异，不住地用手把玩它，他马上解释说无需大惊小怪，他们当地有出版小册书的传统，大概源于苏联吧。该小册出版于1979年，译自1971年至1976年出版的五个诗选本。与你出生年代差不多同步的它，已经不只是历史感满满了。封面是一幅黑白木刻版画，画中就有光脑袋的查克斯。内里还有几幅插图，也是木刻版画。看着封面，你会想起酷爱俄罗斯木刻画、践行一生用笔如刀刻的鲁迅。译者叫鲁思·斯皮尔斯（Ruth Speirs），开始时你也没怎么留意，以为她是英国人。后来上网一查，原来她也是拉脱维亚人，原名鲁塔·斯皮尔萨（Ruta Spīrsa），出生在离里加不远的叶尔加瓦，后来嫁给一位英国教授，随夫姓。1939年二战爆发前移居埃及（中东，也一直被你认作自己的第二个故乡）。1942年她就在翻译你热爱的里尔克了。但是，迟至

2015年,她终身翻译的里尔克诗集才正式出版。她的生平介绍少之又少。你手中把玩的这个小册子,它有一位神奇的译者。每次去叶尔加瓦,你就会想起她,当然那里关于她的踪迹什么都没了,有的,都在她译本里了。

你慢读这个册子,也尝试译过其中的诗。初始的印象是有趣。比如《我的蟑螂乐团》诙谐幽默,反讽的印象深刻。或许是一百多年时代差的缘故,其诗的"现代性"还是浅显的。鲁塔女士的译笔或许也在起作用。据说她翻译的里尔克,深幽难解的里尔克,在她的译笔下也有了难得的"可读性"。时代差的障碍,细想后也站不住脚。现在反观,主要原因还是现在都已是"后后现代诗"写作了,而你早已不自觉地把查克斯的诗,按号排队插入世界诗歌里"比较"了:巴黎街头漫步者波德莱尔、废墟诗人艾略特、审视现实的伦理诗人奥登,还有与拉脱维亚比邻的俄罗斯白银时代的诗人……地方性诗人标签不知不觉被贴上了,拉脱维亚的"小"也在按比例丈量诗。对自己的翻译也不满意,读译了没几首,不知什么时候就放下了。

后来新冠疫情暴发,回国不成,外出旅行受限,你就在小却可以自由活动的拉脱维亚本地转悠,开始写《质地证书》随笔,持续地发现"本地"。从赫尔德、哈曼写到以赛亚·伯林，追溯浪漫主义的根源，思索其"当下性"与海外写作的关系。走遍了拉脱维亚的各大城镇，拉脱维亚语也有了缓慢的长进。主要是心态变了，暂且称之为"拉脱维亚心态"吧，每年夏天随着"利果节"的来临，你的身心总会卷入民俗浓郁的"气场"，对这里的自然和人文的观察、阅读和感受也在拓宽与加深。说小而唯一，显得很通俗，因为世界万物都如此。而拉脱维亚的"小"不仅唯一，对你而言它还很神奇，神奇得像是它能上你的身。你身上本来就有一种"小"，随身携带的"小"，只不过你到了拉脱维亚，在这里居住久了，那种抽象的、巨大阴影下平常得不易觉察的"小"，逐渐被具体和感性化，或者说被唤醒了。其他不说，它能更快地让你关联到个人的渺小，生老病死，无人可免，哪怕你来自东方的大族群。

2021年3月，拉脱维亚诗人和翻译家乌尔迪斯·贝尔津什（Uldis Bērziņš，1944—2021）去世，对你产生了直接刺激。他懂十几种外语，著译等身，尤其是他花了十五年时间把《古兰经》从阿拉伯语译成拉脱维亚语，是拉脱维亚历史上从未曾出现过的不可思议的语言大师。"他的语言能力、文化跨越力和诗意整合的深度在波罗的海乃至欧洲诗坛都是极其罕见的存在。"你很后悔没多找机会跟他深入交流，更深地探索你也迷恋的"语言秘密"。看来，在你脚下的"本地"不但不会永存，还在急速变化，包括消逝。

吸取了教训，你主动联系了仅见过一面的亚尼斯·罗克佩尔尼斯（Janis Rokspelnis, 1945—　），拉脱维亚老诗人，获得他的许可译他的诗。记得你见他时，他的心情糟透了。乌尔迪斯·贝尔津什是他的挚友。他说他们那代诗人都死光了，就剩下他了。那么高声！是控诉还是反讽，好像都不是，是"此在"的孤苦。就在译他的诗时，另有声音经常绕你耳畔。说的是拉脱维亚语，声音不高，是男声，却不浑厚，低而细，怯怯的，还有点腼腆。你能猜出，那就是查克斯的声音。那时你才意识到，在那之前自己读译的是查克斯不发声的英译诗。你需要从拉脱维亚语去读译它们。

你开始去拉脱维亚国家图书馆、里加市图书馆以及查克斯故居博物馆，找资料、拍手机照片，回家慢读慢译。不出声，只是默念，读得也很不地道，结巴难听也没关系；哪怕就观察那些字母，带几个有别于拉丁字母的长音符和上下软音符的它们，在追随什么似的，构成词、组成句和诗节。它们有韧性，也会移动，却不是随意，没有方向的流动。在它们之间，在它们构成的词语之间，包括句子和诗节之间，连接着诗人的气息：吸气、呼吸，时而换气，有时戛然而止。

拉脱维亚语是古老波罗的海语系幸存下来的两种语言之一。书面语出现很迟，才四百多年的历史，却有着丰富的屈折与派生能力。词法上它具有很高的自足性，词序很自由。句子成分的排列随着语义侧重、节奏与修辞灵活调整与改变。这种结构赋予拉脱维亚语强大的诗性自由，突出语调与节奏的特殊意义；同时，这种自由的形式中，语义的控制和清晰的表达也能得以保障和实现。你觉得，就是阅读一百年前年轻的查克斯用拉脱维亚语写的诗，依然能在其诗行间感受到，即便它们是符号串，也存在气息的基础。

翻词典、查谷歌，读译的误解乃至错解一定是存在的。那也没吓住你。在这方面，你所依仗的就不再是译者身份了，而是自己诗人的身份。诗无达诂。写诗的人对此的体验更切身，也因此天然具有敢译的勇气。你知道，不要说你一个中国人，即便是拉脱维亚人，也不见得能解读他写的诗。仅凭这种不怕译错、用心倾听查克斯跨时空的叙说，你从那些书里，一首一首地选译出了这本诗集。

读译的过程，说是认识查克斯的深入过程，当然没错，而你更愿意认为它是发现更多未解或不可解的秘密的过程。首先当地人对他最普遍的称谓：拉脱维亚首位城市诗人。也有人称他是拉脱维亚现代诗之父，本地第一位现代派诗人。你还听说查克斯的另外"之最"，他是带着最多秘密进入坟墓的拉脱维亚诗人。如英译者耶娃女士在序言里提到的，查克斯住家里始终藏着一个他从苏联拎回来的神秘皮箱。那样的皮箱，他似乎还有很多个。他是一个害怕陌生人按门铃的人，一个得知获奖就感觉恐惧的人，等等；即便是平常到他的出生日期，也始终是个未知数。

那些秘密大多是坊间传说、轶事传闻，但他的诗是书面定格而公开的。然而对读译的你，它们也常常保留成另外的谜团。查克斯诗是早慧的诗人。1928年他出版的首部个人诗集《人行道上的心》，就是一座拉脱维亚诗歌的分水岭，传统诗从此迈入了现代诗。诚然，在此之前的1922年，艾略特的《荒原》和乔伊斯的《尤利西斯》均已出版，被称为现代主义文学元年。初读查克斯的诗，是简单又带着稚气的印象。在当今诗人眼里，是不够现代的，尽管在当时的拉脱维亚文学里具有革命性。然而，当这种"过时"与"进步"的二分法被拷问，线性的时间被反思，再读再译，尤其读译说拉脱维亚语的查克斯原声的诗，好像

"浅显"与"简单",渐渐转化为质朴、天真与纯净,逐渐成为褒义的词了。

你问过拉脱维亚当地其他诗友,怎么看查克斯的诗。有一位诗友回答说:孩子们喜欢查克斯。后来你又问另外的诗友,并把前一位诗友的回答当成提问:孩子们喜欢查克斯的诗,在他看来那是一种什么评判?这位诗友还是没说其他,只是肯定地说:是的,从某种程度上说,的确如此。查克斯的诗早就被拉脱维亚人讨论、评论、批判很多了,包括在他活着的时候。对你,一个当今外国读译者的提问,这样的答复也许是简洁而恰当的,像他的诗本身。也像平常说的,如果你不懂那首诗,就再读读吧。还不止这些,这样的答复还超越诗本身。你知道,在里加上学的你自己的孩子,他们的拉脱维亚语课上也读查克斯的诗。

还有一个朋友听说你在译查克斯,问你能否说说查克斯有哪些"金句"。你想了想,竟然想不起来。他是真的没有所谓的"金句",还是他的诗跳出了"金句"限制?那是些不能拆解成句子的诗,只以整体性的力量感染你?是的,他笔下的里加老城里牵小狗的时髦女子、军官、退伍步枪兵、祖父母、爱尔兰朋友、船员、女售货员、郊外女子、小职员……

一旦走出他的诗，走出他的句子，就会各自言说、行走，离去了也依然存在拉脱维亚某处。他们也打开了你个人的回顾视角，当初你读译那些诗也许走了的弯路：你不应该把他与欧洲其他国家的现代派诗人比较着去读译。他不是巴黎的漫步者波德莱尔，他只是里加一个裁缝的儿子，他只在里加写里加的诗，在东北欧这个欧洲边缘的小国，这里真正意义上的文学只有一百五十年，口口相传的民谣卷帙浩繁，却可追溯到公元前。

随后你又会逐渐意识到，以上反思并不切实际。读译查克斯，你怎么能忘记那些你读过的中国诗和西方现代诗。读译的本质不就是参照、选择、感受、思考与判断？你想起以"去参照、去中心和反语义"创作闻名的德语诗人策兰。他不是不深刻理解其他各种参照，相反，他是深入了各种参照及其中的"约束"而将其撕裂。查克斯早期诗语调的隽永、独特、易感却深幽，像是另有谜底。里尔克，鲁塔女士翻译过的里尔克，是你想到另外的参照。里尔克的"物诗"，控制诗人的主观情绪和偏见，让事物自身显现其存在。不同的是查克斯写"物"但聚焦在人身上。那些被一种绵长的魅力驱使的人，祛魅需花上一百年？

如此简单地以"物诗"把查克斯关联上欧洲诗

歌大陆，解释其魅力有着"无尽渊源"，如拉脱维亚的高亚河流入波罗的海——显然只是一个修辞上的比喻。这种的关联过滤了太多其他谜题，它们来自他那个时代无比庞大的现实，也来自当下的回响。悖谬的是，查克斯写作的时代事实上已经逝去，读译者必须过滤它，用各种参照系过滤它。但是，任何时代的历史都不是连续的、线性的故事，而是充满裂缝的记忆。查克斯不但在他的诗，也在他的经历里留下了本雅明意义上的"历史碎片"。他的诗，既被当时的左派批判，又被右派唾弃：在倾向苏联现实主义的左派眼里，他的诗是资产阶级腐朽颓废的体现，在保守的右派看来，他又是"流氓文学"的代言人。它们是社会也是历史的裂缝流出的液体碎片，这是他的诗留下的社会谜题之一。

这些碎片，在你的读译里，汇聚在他创造的那种语调里，独特，难以复制，牵动你去附和和吟咏。听说查克斯晚期也创作了不少差诗，查克斯本人对自己后期那些创作也不满意，有种诗才已逝的喟叹，他的好友们也对他失望。他甚至承诺过朋友，给他更多的时间，回归原先的写作。你不确定他期盼的回归定格在哪个时期。随后发生的事实是，他不到五十岁就去世了。有的诗人五十岁才开始创作最佳诗篇，如叶芝。查克斯是早慧的诗人，在你看来，他的最佳写作就在他的早期。

你还不自觉地想起查克斯同时代人对他的言说，暂且就当趣闻吧。查克斯最早是用俄语写诗的，后来学着用拉脱维亚写诗。写着写着，某天他的诗风突然大变，诗出现在他笔下，像是换了一人写似的，迥异于他先前的诗，当然也迥异于拉脱维亚其他创作者的诗。连写在纸上的拉脱维亚字母的字体与笔迹也突变了。他的朋友们都说查克斯那段时间遇上外星人了。你当然不信什么外星人，但你深知：对自然和个人体验中所蕴含神秘性的坚持，是浪漫主义的核心理念之一；尤其在浪漫主义发展过程中，给年轻的赫尔德以天启式发现的里加，你更不能忽视这一点。说回查克斯那些早期诗，其魅力之谜你读解不清晰，其实也没急切去想着解开，只求逐渐靠近即可。你也承认那是神秘化的做法，而你并不很在乎，理由是那种神秘性最起码让你，或许也让其他读者或译者，心生一种敬畏。那种敬畏与每人面对人间和生命时所需的勇气，同样重要。

在拉脱维亚本土语境中，查克斯还有一个参照对象，那就是法国诗人弗朗索瓦·维庸。这位十五世纪的法国诗人，被认为是第一个将诗歌与犯罪、生存挣扎紧密相连的人，他用粗粝、直接的语言写下了底层人生的痛感与荒诞，因而被后世称为"历史上第一个现代派诗人"——远在任何现代主义浪潮之前。在你看来，他们两者的参照更多是字面上的，查克斯是创造了一个经常买醉、上了年纪、色眯眯的流氓形象，这不但与他本人的儒雅、谦逊和谨小慎微相悖，就算诗人笔下的人物，也只是想干些坏事，有做流氓的冲动，其实并不令人讨厌，更不是坏人。那只是他反抗的姿态，他的反讽抒情的制作程式。

　　查克斯早期的人物诗、爱情诗和城市诗，篇幅不长，似乎极易散落在风里，它们在你读译的认知里却有诗意的"轻灵"，反讽承载的"轻"和"小"秉持的"灵"，其意蕴已溢出了拉脱维亚特定历史时期的开创性。而他的长诗《永恒所及者》，在民族、国家、文化视角的建构更宏大，获过国家级的认可和大奖。你只翻译了其中的一个章节《迟来的访客》。记得你在查克斯博物馆，接待你的萨尼塔女士给你看一本厚诗集，是格鲁吉亚语译本的《永恒所及者》，里面是高加索语系的奇异文字。她说，该译者就专译这首长诗多年，就译一部著作，不像大多数译者喜欢译他的爱情诗。从她的口气里，你好像早已被归为后一类了。那也没什么，你有犯错去译的勇气，也有对其他更多读译者同行出现的期许。故居书房的写字台上，摆着他用过的黑色圆框眼镜、一支自来水钢笔和几页纸。同一个房间不靠窗的一角，有一张单人床。床上方的墙上悬挂一幅画，画的内容你是怎么也记不起来了，而这幅内容是"空无"的画，你却难以忘怀，因为它是一幅中国画。看着站在画前的你迟迟不想走开，萨尼塔女士解释说，那是查克斯的一个朋友的赠品。是他的中国朋友？不是。这重要吗？就算他有那么一位中国朋友，也已过了大半个世纪了。重要，非常重要，你心里说；至少它佐证了查克斯的睡梦与中国有联系。——瞧，现在他的诗也抵达了汉语世界了。

查克斯生于1901年，那年里加开始有了第一班有轨电车。他有首诗就叫《最后一班有轨电车》。这本诗选就以此为书名。第一班有轨电车和最后一班有轨电车，绝对不是同一辆车，尽管那班有轨电车依然在绕里加城环行，似乎在复述同一回事。你内心的轮回说和循环论，好像准备好它们各自的解释了。你也会按住它们别动！这已经是个未来已来、过去的从未过去、圆不能勾勒的时代了。你我的时间处于重叠、错位、虚拟和算法中。可是，你还禁不住想起第一次听诗友罗纳尔兹推荐查克斯说的话：历经世纪，查克斯诗里写的还在里加，就在你身边。你一时也实在想不起其他被"类似"叙述的诗人，无论中外。这种不似评价的"叙述"超越了"本地"甚至"本人"，或许是一种相当高规格，也是独特的不仅停留在光鲜表面的赞誉。这是查克斯之幸，也是他的读者之幸，现在他的读者还把中国读者也包括进来了，更是大幸。

是为译后记。